AF220945

Petra Weise

Das Hotel
meines Mannes

Roman

Bibliografische Information der Deutschen Nationalbibliothek
Die Deutsche Nationalbibliothek verzeichnet diese Publikation in der
Deutschen Nationalbibliografie; detaillierte bibliografische Daten sind im
Internet über http://dnb.dnb.de abrufbar

Titelseite: Andrew Mayovskyy (Shutterstock)
Herstellung und Verlag: BoD – Books on Demand
Norderstedt

ISBN 9-783751-980890

\-

Glück und Unglück
hängen genauso vom
Temperament
wie vom
glücklichen Zufall ab.

Francois de La Rochefoucauld

Inhalt

Ankunft

„Gefällt mir nicht!", nörgelt die junge Frau und schaut sich geringschätzig um.

„Möchten Sie ein anderes Zimmer?", frage ich, obwohl ich weiß, dass gar kein anderes Zimmer frei ist.

„Wieso? Was gefällt dir nicht, Tanja?", erkundigt sich recht ängstlich ihr Begleiter.

„Altbacken, geschmacklos, kurz: abscheulich!"

Geschmacklos? Darüber könnte man streiten. Doch wir sind hier in den Alpen! Also wurden sämtliche Zimmer des Hotels mit Holz und viel Liebe zum Detail eingerichtet und sind sauber – wie es sich gehört.

„Ich finde es eigentlich recht gemütlich", flüstert der Mann und schaut sich schüchtern um.

Verächtlich betrachtet Tanja den Kühlschrank, auf dessen Tür eine Kuh abgebildet ist.

„Ist doch lustig!", findet der Mann und lächelt.

Hochmütig schnieft Tanja durch die Nase und zeigt auf ein Gemälde an der Wand, auf der ein Hirsch im Wald abgebildet ist.

Ich muss zugeben, dass dieses Motiv recht abgenutzt ist, doch unsere Gäste erwarten Klischees.

„Das ist ein Original eines ortsansässigen

Künstlers", erkläre ich. Im Haus gibt es noch weitere Werke von ihm."

Tanja wirkt genervt und macht Anstalten, das Zimmer zu verlassen. Ihr Begleiter seufzt und betrachtet die beiden großen Koffer. Offenbar verspürt er keine Lust, sie wieder nach unten zu schleppen. Jetzt muss ich eingreifen.

„Sie haben extra dieses Panoramazimmer mit großem Südbalkon reserviert, von dem Sie den wunderbaren Blick über die Sonnenwiese, den See bis hinüber zum Loser genießen können."

Tanja zuckt gelangweilt mit der Schulter, während der Mann interessiert zum Berg schaut.

„Loser heißt dieser imposante Berg?"

„Ist doch wurscht! Namen bedeuten nichts, gar nichts", faucht sie.

Ich hätte nichts dagegen, wenn diese schwierige Person wieder abreist. Doch meinem Mann und besonders seiner Mutter würde es nicht gefallen. Sie erwarten, dass ich den Gästen jeden Wunsch erfülle, damit sie bleiben.

Deshalb sage ich: „Sie werden in unserem Vier-Sterne-Hotel zufrieden sein. Wir bieten unseren Gästen eine großzügige Badelandschaft, Whirlpool, mehrere Saunen und Massagen. Ab 8 Uhr morgens können Sie ein umfangreiches Frühstücksbuffet genießen und am Abend ein mehrgängiges Wahlmenü."

Tanja mustert mich und lächelt spöttisch.

„Meinen Sie?"

Freundlich lächle ich zurück. So leicht lasse ich mich nicht aus der Ruhe bringen und schon gar nicht provozieren.

„Möchten Sie bleiben?"

Wortlos öffnet Tanja die Balkontür, geht hinaus, betrachtet die Wiese mit den Liegestühlen und setzt sich in einen der Sonnensessel.

Erleichtert seufzt der Mann und flüstert mir zu: „Wissen Sie, meiner Freundin bedeuten die Berge nichts. Sie mag den Strand, die Sonne, das Meer und noch lieber mag sie einkaufen. Kann man hier im Ort Schuhe, Handtaschen und Kleider kaufen?"

Ich nicke.

„Hier im Ort gibt es mehrere Sport- und Modegeschäfte. Keine zehn Autominuten von hier entfernt liegt Bad Aussee. Dort haben Sie eine erheblich größere Auswahl."

Dass es fast ausschließlich Trachtenläden sind, erwähne ich nicht. Ich fürchte nur, dass es der Dame nicht gefallen wird, so aufgebrezelt wie sie daherkommt in ihren hautengen weißen Hosen, dem weißen Top und dem blassrosa Jäckchen. Ihre riesige rosa Sonnenbrille hat sie die ganze Zeit über nicht abgenommen.

„Bisher flogen wir immer ans Meer oder für Kurzreisen in Städte wie London oder Paris", erzählt der Mann weiter.

Genauso habe ich es vermutet. Schon vor meiner Arbeit hier im Hotel konnte ich die Lebensart und Charaktere der Gäste leicht einschätzen und wusste immer, wie ich mit ihnen reden muss. Obwohl ich mich meist distanziert gebe, scheine ich etwas auszustrahlen, weshalb mir die Leute ihre geheimsten Dinge erzählen.

Mit der alten Chefin unterhält sich dagegen keiner. Dabei gibt sie sich freundlich, vielleicht ein wenig übertrieben. Bei den Mitarbeitern schlägt sie einen eher herrischen Ton an, obwohl sie schon lange im Ruhestand ist. Ob sie mich mag, kann ich nicht einschätzen, da sie auch mir gegenüber kurz angebunden ist. Ich bin Türkin und seit zwei Jahren mit ihrem Sohn verheiratet.

Der Mann redet noch immer und erzählt, dass er nicht faul am Strand liegen mag, sondern lieber in den Alpen wandert, wozu seine Freundin keine Lust hat. Deshalb wollte er lieber allein in die Berge reisen, doch sie habe sich im letzten Moment entschlossen, ihn zu begleiten. Ich nicke ihm freundlich zu und ziehe mich zurück.

*****

Normalerweise wäre ich um diese Zeit daheim,

weil die Tagesschicht gewöhnlich Veronika übernimmt. Doch heute ist sie nicht zum Dienst gekommen, ohne mich davon zu informieren. Wir teilen uns die Arbeit im Management. Ich bin morgens im Haus, während Veronika noch schläft und abends, wenn sie ausgeht. Sie ist die Tochter meines Mannes, sagt aber nicht Vater, sondern Henry zu ihm. Auch sein Sohn nennt ihn nur beim Vornamen. Falko ist unser Küchenchef. Er ist zwei Jahre jünger als ich und zuverlässiger als seine Schwester.

Tagsüber ist es ruhig im Hotel, weil wir keinen Mittagstisch bieten und die Gäste außer Haus sind. Die meisten fahren an die umliegenden Seen oder wandern hinauf in die Berge.

„Entschuldigen Sie!", spricht mich der junge Mann aus dem Panoramazimmer an. „Meine Freundin möchte gern einen Kaffee. Geht das?"

„Gern", sage ich.

Als ich ihn bringe, nimmt ihn die junge Frau nicht an.

„Wissen´S nicht, was ein Kaffee ist?"

„Der Herr bestellte nur Kaffee. Ich habe nicht nachgefragt, ob Sie einen Schwarzen, Braunen, Verlängerten, Kapuziner, Fiaker, Melange oder Einspänner wünschen", nehme ich höflich die Schuld auf mich.

Meine rasche Aufzählung bringt die Frau derart

durcheinander, dass sie nur zischt: „Verzichte."

Die Tasse stelle ich trotzdem auf den Tisch.

„Tauschen Sie bitte das Obst!", verlangt sie stattdessen und zeigt auf die Obstschale. „Die Äpfel und Weintrauben können´S gleich wieder mitnehmen, ich wünsche *reife* Bananen und Aprikosen. Außerdem einen frischen Kräutersmoothie."

„Tanja!", mahnt der junge Mann leise.

„Was ist? In einem Vier-Sterne-Hotel kann ich das erwarten."

„Selbstverständlich", stimme ich ihr zu, obwohl unsere Gäste normalerweise nicht so übertrieben anspruchsvoll sind, schon gar nicht am frühen Nachmittag.

Ich pflücke also in unserem Kräutergarten Basilikum und Zitronenmelisse, gebe alles fein gehackt mit Eiswürfeln und etwas Mineralwasser in ein Glas Apfelsaft und fertig ist die Limonade. Mich irritieren unhöfliche Gäste nicht. In Wien, wo ich aufgewachsen bin, war ich ruppigen Umgang gewöhnt, hier im Ausseer Land geht es eher ruhig und freundlich zu.

Ich wusste schon als kleines Mädchen, dass ich einmal in einem Hotel arbeiten wollte. Mir imponierten die Empfangshallen, die hübschen Uniformen der Mitarbeiter und ihre gefällige Freundlichkeit. Während meiner Ausbildung schätzte ich vor allem die vielfältigen Arbeiten und merkte schnell, dass ich mich in kleinen feinen Hotels wohler fühlte als in den überdimensionalen Luxushäusern.

****

Meine Schwiegermutter hat inzwischen drei Mal angerufen, wo ich denn bleibe. Sie ist es gewohnt, dass ich ihr nach der Mittagsruhe einen Kaffee koche, beim Ankleiden helfe und sie zum Hotel begleite. Am Abend zeigt sie sich gern den Gästen, geht von Tisch zu Tisch und erkundigt sich, ob alle zufrieden sind. Sie sagt, so gehört sich das für eine gute Chefin.
Allerdings weiß ich, dass sie vom gesamten Personal Hausdrache genannt wird, weil sie mit Adleraugen jeden noch so kleinen Fehler entdeckt: eine verwelkte Blume in der Vase, einen Fleck auf der Serviette oder eine fehlende Gabel. Dann scheucht sie die Serviermädchen mit strengen Blicken und knappen Worten, alles in Ordnung zu bringen.

Begegnung

Endlich kann ich das Haus verlassen und laufe eilig die Straße an der Wiese entlang. Nicht weit entfernt sehe ich einen schwarz gekleideten Mann, der sich nach vorn beugt und etwas im Gras beobachtet. Was es ist, kann ich nicht erkennen, weil das Gras kniehoch steht. Ich bin recht neugierig und möchte gern wissen, was er sieht. Vielleicht ein Tier?

In diesem Moment höre ich einen gellenden Schrei, der mir durch Mark und Bein geht. Eindeutig ist es der Schmerzensschrei eines Kindes und zwar genau aus der Richtung, wo der Mann steht.

„Was machen Sie da?", rufe ich und laufe eilig auf den Mann zu.

Der beachtet mich gar nicht, dreht sich nicht einmal zu mir um. Beim Näherkommen sehe ich im hohen Gras ein kleines Mädchen liegen, mit dem Gesicht auf der Erde. Hinter ihr erkenne ich mit Entsetzen einen Hund, der das Kind an der Schulter gepackt hat.

„Nehmen Sie den Hund zurück!", rufe ich ganz außer mir.

„Ist nicht meiner", brummt der Mann entrüstet.

„Aus!", schreie ich. „Aus!"

Doch der Hund lässt nicht ab von dem Mädchen, das heftig um sich schlägt und dabei den Hund noch mehr reizt. In wenigen Schritten bin ich bei ihm, greife ohne zu überlegen mit beiden Händen die Schnauze des Tieres und drücke sie auseinander. Das Kind ist frei, doch ich habe noch immer meine Hände im Maul und merke, wie meine Kräfte nachlassen. Ich weiß nicht, wie ich mich befreien kann, ohne gebissen zu werden und presse schließlich den Hundekopf nach unten ins Gras. Da sehe aus den Augenwinkeln einen Stock, in den das Tier beißen könnte statt in meine Hand. Doch ich weiß nicht, wie ich den Stock ins Maul und gleichzeitig meine Finger herausbekomme. In diesem Moment richtet sich das Mädchen auf, nimmt den Stock in beide Hände, droht damit dem Hund und sagt weinend: „Du böser, böser Patty!"

Dann schmiegt sie sich ans Fell des Tieres und ich merke, wie sich im gleichen Moment der Krampf im Maul lockert und ich meine Hände problemlos retten kann. Der Hund leckt über das nackte Bein des Kindes und dann über die verletzte Schulter. Das erschreckt mich noch mehr, denn Bakterien im Hundemaul sind für den Hund nicht gefährlich, können aber beim Menschen zu schwerwiegenden Krankheiten führen. Vor allem, wenn der Speichel auf eine offene Wunde kommt.

„Du musst sofort zum Arzt!", sage ich und schaue mich nach dem Mann um, der mich und das Kind in eine Praxis fahren könnte.

„Haben Sie ein Auto dabei?"

Er reagiert nicht, weil er mich, das Kind und

den Hund fotografiert. Offenbar hat er das die ganze Zeit über getan. Er hat gefilmt, wie der Hund das Kind angriff statt einzugreifen und zu helfen. Vielleicht hätte er den schrecklichen Vorfall verhindern können.

„Sie filmen?", frage ich entsetzt und gleichzeitig vorwurfsvoll.

„Geile Story!"

„Ob Sie ein Auto haben, will ich wissen!", schreie ich aufgebracht. „Das Kind muss sofort zum Arzt."

„Schon. Doch ich will kein Blut auf'm Sitz."

Die Kleine ist aufgestanden und haut dem Hund mit voller Wucht auf die Schnauze, was mich vor Schreck zusammenfahren lässt. Doch der Hund senkt nur den Kopf und zeigt keinerlei Anstalten, sich zu wehren. Ich kenne mich mit Rassen nicht so aus, aber für mich ist es ein furchteinflößend großer Kampfhund.

Ich mag keine Hunde und finde es nicht gut, dass in unserem Hotel Hunde nicht nur erlaubt, sondern direkt willkommen sind. Gleich in meiner ersten Arbeitswoche hat ein Hund jeden Tag mehrmals auf den Teppich vor der Rezeption gepinkelt. Henry erlaubte mir nicht, den Halter darauf anzusprechen oder ihn zu bitten, das Malheur zu beseitigen.

Er sagte: „Das ist ein Stammkunde, der seit

zehn Jahren kommt. Der Hund ist alt und kann nichts dafür."

Hunde können nie etwas dafür. Das kenne ich schon von Wien. Dort darf ein Hund in den Sandkasten kacken, weil es der Lauf der Natur ist, da kann man nichts machen. Springt aber ein Kind fröhlich spielend herum, ist es ein Drecksfratzen.

„Du böser, böser Patty!", wiederholt die Kleine und geht davon.

Der Hund trottet hinter ihr her. Es ist also ihr Hund, der sie angefallen hat. Sie wird ihn gereizt haben, unüberlegt, wie Kinder oft sind. Ein Hund ist ein Tier, das unberechenbar bleibt. Ich finde es unverantwortlich, so einem kleinen Mädchen solch einen großen Hund zu überlassen. Ich kann das Alter von Kindern schlecht schätzen, doch sie wird kaum älter als vier Jahre sein.

Die Kleine scheint den Vorfall vergessen zu haben. In zwei Sätzen bin ich bei ihr, halte sie an den Schultern fest und erkläre ihr, dass ihre Wunde von einem Arzt versorgt werden muss.

„Lass mal sehen!", verlange ich und erwarte eine klaffende, stark blutende Wunde an ihrer Schulter.

„Tut gar nicht weh", sagt sie und dreht sich genervt zur Seite.

Die Verletzung ist kaum zu sehen, nur ein roter Kratzer und vier deutliche Dellen in der Haut von den spitzen Reißzähnen.

„Das ist sehr gut, dass dir nichts weh tut, aber die Verletzung muss trotzdem desinfiziert werden."

„Weiß ich. Der Papa ist Doktor, der macht das."

„Oh! Das ist wunderbar!", rufe ich aus. „Dann hast du richtig Glück."

Doch ich bin mir nicht sicher, ob sie sich den Doktor-Papa nur ausdenkt.

„Wohnst du weit?"

„Da!"

Sie zeigt auf eines der Häuser in der neuen Siedlung, die im letzten Jahr wie Pilze aus der Erde schossen. Eine Arztpraxis ist mir allerdings nicht bekannt.

„Gut. Ich komme mit und passe auf, dass dir nichts passiert."

Empört schaut sie mich an.

„Wieso? Ich hab doch Patty!"

Stürmisch umarmt sie den Hund und zieht an seinem Fell, was mir wieder einen gehörigen Schrecken einjagt. Hat sie vergessen, dass der Hund sie soeben gebissen hat? Sie fühlt sich nicht bedroht von diesem großen Tier, sondern beschützt. Ich kann es einfach nicht fassen.

Hilfesuchend schaue ich mich nach dem Mann um, doch der ist bereits weitergegangen und ruft: „Keine Zeit! Bin Journalist!"

Irritiert wende ich mich dem Mädchen zu, das langsam über die Wiese schlendert, hin und wieder eine Blume pflückt, um sie gleich wieder wegzuwerfen. Es beachtet mich nicht. Also gehe ich schweigend hinterher und denke über den Mann nach, der sich über eine *geile Story* freut und begeistert ein vor Schmerz schreiendes Kind filmt.

Journalisten sind sonderbare Leute. Sie suchen nach Katastrophen, weil sie diese brauchen. Das Leid anderer Menschen ist für sie keine Katastrophe, sondern ergibt einen gut bezahlten Bericht. Mehr interessiert sie nicht. Sie halten die Kamera mitten hinein. Morgen werde ich darüber wohl in der Zeitung lesen mit einer von ihm dazu passend erdachten Geschichte.

„Dein Hund heißt also Patty. Das ist ein hübscher Name."

Die Kleine hüpft im Wechselschritt durch das Gras und beachtet mich nicht. Trotzdem weiche ich nicht von ihrer Seite.

„Ich bin die Hanni."

Eigentlich heiße ich Hanife. Das ist ein sehr beliebter türkischer Mädchenname, der aufrichtig und rechtschaffen bedeutet. Doch hier im Hotel nennen mich alle Hanni.

„Und wie heißt du?"

„Lena."

Sie wirft sich auf den Hund, der darauf nicht gefasst ist und ruckartig seinen Kopf zu ihr dreht. Sofort befürchte ich, dass er wieder zubeißt. Doch Lena lacht. Es ist ein unbekümmertes Lachen.

„Hast du keine Leine für deinen Hund?"

Sie schüttelt den Kopf.

„Papa sagt, dass eine Leine nichts bringt, weil Patty viel zu stark ist. Wenn er zieht, falle ich um. Es ist besser, wenn er frei läuft."

So gesehen hat sie bzw. ihr Vater Recht. Doch wenn der Hund wegläuft, vielleicht über die Straße und in ein Auto gerät oder ihnen ein streitsüchtiges Tier begegnet; sie könnte nichts davon verhindern.

„Hier wohne ich." Lena zeigt auf ein großes Haus, an dem kein Schild angebracht ist, das auf eine Arztpraxis hinweist. „Du kannst also jetzt gehen!"

Im gleichen Moment kommt eine junge Frau aus dem Haus, offenbar Lenas Mutter. Sie packt das Mädchen und schüttelt es heftig durch. Sofort knurrt Patty und drückt seinen Kopf gegen die Beine der Frau, als wolle er sie wegschieben.

„Was hast du wieder angestellt?", schreit sie das Kind an.

Lena kneift ihre Augen zusammen und zischt:

„Gar nichts! Ich muss jetzt zu Papa!"

Gerade wollte ich berichten, dass der Hund Lena verletzt hat. Doch irgend etwas hält mich davon ab. Ist es die strenge Stimme der Frau? Oder Lenas offensichtliche Abneigung ihr gegenüber?

„Denke an unser Geheimnis!", sage ich zum Abschied und hoffe, sie versteht, dass sie den Kratzer ihrem Vater zeigen soll.

Lena lacht und zwinkert mir zu.

„Was für ein Geheimnis?", erkundigt sich die Frau.

„Ein geheimes Geheimnis, das ich dir nicht verrate."

Sie winkt mir zu, während die Frau sie grob in Richtung Haus drängt. Amüsiert beobachte ich, dass der Hund ein wachsames Auge auf Lena hat und immer wieder versucht, sich zwischen sie und die Frau zu drängen.

Doch eigentlich ist es nicht zum Lachen, wenn eine Mutter derart grob mit ihrem Kind umgeht, vor allem, wenn es noch so klein ist. Sie hat nicht einmal die Verletzung an der Schulter bemerkt.

Familie

Bis zum Haus meiner Schwiegermutter ist es nicht weit. Es ist ein typisches Ausseer Haus, gemauert und mit kunstvoll geschnitztem Holz verkleidet. Ohne den Umweg über die neue Siedlung wäre ich längst bei ihr.

„Wo steckst du so lange?", fährt sie mich an.

„Veronika ist nicht gekommen", erkläre ich.

„Dieses faule Ding bringt mich noch ins Grab."

Veronika fehlt oft, weil sie lieber mit ihren Freunden tagelang in die Berge geht statt zu arbeiten. Manchmal geht auch Henry mit hinauf auf den Berg, denn er ist ebenso verrückt aufs Klettern wie seine Tochter.

Für mich ist das nichts. Kein einziger aus meiner großen türkischen Familie klettert oder wandert einfach so durch die Landschaft. Keiner käme auf den Gedanken zu laufen. Entfernungen überbrückt man per Auto. Auch ich spaziere nicht sinnlos in der Gegend herum, zumal ich im Hotel ohnehin den ganzen Tag auf den Beinen bin. Wenn ich laufe, dann von hier nach da, weil ich hier und dort etwas erledigen muss.

Morgens und abends arbeite ich im Hotel und tagsüber helfe ich oft der Schwiegermutter. Sie verlangt, dass ich sie bei ihrem Vornamen nenne. Ottilie. Nicht Frau Ottilie, sondern einfach nur Ottilie. Das erscheint mir unhöflich und respektlos. Vor der Gästen muss ich sie allerdings mit Frau Leitner ansprechen und meinen Mann mit Herr und Leitner. Mich dürfen alle Hanni rufen, obwohl ich Hanife heiße und Frau Leitner bin. Hanni steht auf meinem Namensschild, das an meinem Gewand befestigt ist. Bei Veronika steht Veronika Leitner, damit man sie sofort als Tochter des Hauses erkennt, obwohl sie gar nicht den Namen ihres Vaters trägt.

Mir sind Namen sehr wichtig, den Leitners wohl ebenfalls, doch offenbar ganz anders als mir. Denn ich hätte auf mein Schild Frau Leitner geschrieben und bei Veronika einfach Veronika.

Henrys Vater mag es, wenn ich ihn Ata nenne, was Vater und zugleich eine Respektsperson bedeutet. Ich hatte ihn bei unserer ersten Begegnung sofort ins Herz geschlossen und er mich auch. Wenn Ottilie gar so arg mit mir schimpft, ruft Ata nach mir und verlangt etwas zu trinken. Ich weiß längst, dass er keinen Durst hat, sondern es nicht erträgt, wenn Ottilie garstig zu mir ist.

Ata sitzt seit einem Schlaganfall im Rollstuhl. Morgens und abends hilft eine Pflegerin beim Waschen, An- und Auskleiden, was er nicht mehr selbst bewerkstelligen kann. Ich leiste ihm um die Mittagszeit oft Gesellschaft und höre ihm zu, wenn er von früheren Zeiten erzählt, als er das Hotel ausbaute und ganz allein in der Küche für seine Gäste kochte.

*****

Während ich Ottilie in ihr Dirndl helfe, berichte ich von den neuen Gästen und achte darauf, diese nur positiv und trotzdem wahrhaft zu beschreiben.

Natürlich hat Ottilie sofort eine ganze Reihe Ratschläge, wie und warum ich den Gästen zu Diensten sein muss, obwohl ich das weiß und selbstverständlich ganz von allein beherzige. Schließlich habe ich drei Jahre lang Hotel- und Gastgewerbeassistent in Wien gelernt und dort fünf Jahre lang in guten Hotels gearbeitet.

Heute muss ich besonders fest am Mieder des Dirndls ziehen, um die Knöpfe schließen zu können. Ich hoffe nur, sie springen nicht auf. Ein Mieder muss eng sitzen, sonst stützt es die Brust nicht und sieht schlaff und ausgebeult aus. Ottilie hat offenbar zugenommen. Weiten darf ich das Mieder nicht, weil das angeblich den Schnitt verdirbt, schon gar keinen Reißverschluss einsetzen, der sicherer halten würde als Knöpfe. Doch Ottilie liebt Knöpfe, vor allem

Porzellanknöpfe mit aufgemalten Blumen.

„Hast falsch gewaschen?", fährt sie mich an.

Es ist jeden Tag die gleiche Frage, auf die ich schon lange nicht mehr antworte. Sie sollte sich endlich Dirndl nähen lassen, die besser passen. Trachtenschneider gibt es in der Gegend mehr als genug. In Ottilies Schränken befinden sich mehr als vierzig Dirndl, allein vom typischen Ausseer Dirndl etwa zehn: rosa Baumwollrock mit weißen Streublumen, einfaches grünes Leinenleib und lila Schürze. Hier in der Gegend ist das Dirndl ein echtes Alltagsgewand, das sowohl jeden Tag zur Arbeit als auch auf jedem Fest getragen wird.

Auch ich musste mir noch vor meinem Antritt im Hotel mehrere Dirndl nähen lassen, was trotz des schlichten Materials Baumwolle und Leinen ziemlich teuer war.

„Soll ich ein anderes Kleid holen?", frage ich, obwohl ich die Antwort bereits kenne.

„Wie kommst du darauf? Ich will das hier tragen und fertig!"

Auch ich bin fertig und vor Anstrengung leicht verschwitzt. Das enge Mieder zu schließen war nicht einfach. Nun muss ich Ottilie nur noch frisieren. Ihre Haare sind zwar dünn, aber lang und leicht lockig. Ich nehme sie hinter den Ohren zusammen und binde sie zu einem Pferdeschwanz. Danach wird alles locker miteinander umwickelt und festgesteckt, so dass eine üppige Hochsteckfrisur entsteht, die kompliziert und nobel wirkt. Auch ich darf meine Haare nicht offen tragen und muss sie aufstecken, was bei der Arbeit ohnehin praktisch ist. Noch praktischer wäre eine schlichte Kurzhaarfrisur, doch das hält Ottilie für unpassend. Meine dicken schwarzen Haare trocknen schrecklich langsam, so dass ich mehr Zeit mit meiner Frisur verbringe als mir lieb ist.

Nur Veronika trägt ihre blonden Haare kurz geschnitten. Ihr macht niemand irgendwelche Vorschriften, weder ihr Vater noch ihre Großmutter. Alle dulden es, dass sie sich aufführt, als sei sie die Chefin des Hotels. Dabei ist sie kaum zwanzig Jahre alt und hat nicht einmal einen Beruf gelernt.

Ich dagegen habe eine abgeschlossene Lehre als Hotelfachfrau und kenne mich mit jeder in einem Hotel anfallenden Arbeit bestens aus. Im Grunde bin ich Mädchen für alles, was in dem kleinen Hotel mit gerade einmal sechzig Betten abwechslungsreich ist. Ich liebe meine Arbeit und möchte nichts anderes machen.

Mein Leben hier könnte wunderbar sein, wenn Henrys Familie nicht wäre, die alles schwierig und kompliziert macht.

Vergangenheit

Henry war damals zwanzig Jahre alt, als seine sechzehnjährige Freundin schwanger wurde. Ottilie wollte keinen Skandal und duldete kein uneheliches Kind im Haus, also verlangte sie von den Eltern des Mädchens eine Ehemündigkeitserklärung und zwang die jungen Leute zu heiraten.

Es gab kein großes Hochzeitsfest und kein Gerede. Henrys junge Ehefrau zog sang- und klanglos ins Hotel ein und brachte mitten in der Hochsaison den kleinen Falko zur Welt. Keiner hatte Zeit für das Kind und seine junge Mutter. Sie musste im Hotel mithelfen und band sich den Kleinen einfach auf den Rücken. Später sauste Falko unbekümmert durch die Gaststuben, die Küche und das gesamte Haus. Überall wollte der Junge dabei sein und mithelfen. Ottilie und ihr Mann waren von Anfang an ganz vernarrt in den Kleinen.

Vier Jahre später wurde eines der Serviermädchen schwanger. Von Henry! Wieder sorgte Ottilie für Ordnung, indem sie das „Problem" in ein Hotel nach Graz vermittelte. Dort kam Veronika zur Welt.

Henry pendelte zwischen beiden Frauen und

ihren Kindern hin und her und fand Gefallen am Reisen. Seitdem besucht er in jedem Jahr sämtliche gastronomische Messen im Land.

Bei einer dieser Messen lernten wir uns vor gut zwei Jahren kennen. Ich suchte gerade eine neue Arbeitsstelle und Henry eine Hilfe für sein Hotel. Alles, was er über sein Hotel im Salzkammergut erzählte, gefiel mir sofort und ich saugte seine Worte gierig auf. Ich merkte ihm seine Liebe zu seinem Hotel und dem Ausseer Land an und ließ mich von seiner Begeisterung anstecken. Diese Gegend war mir völlig unbekannt. Im Grunde hatte ich mich bisher nur in Wien aufgehalten und die Sommer in der Türkei verbracht.

Henry suchte kein Zimmermädchen und auch keine Servierkraft, sondern eine Managerin, die sich um Werbung, Buchungen und die Gäste kümmert. Dafür war bisher seine Mutter zuständig, doch die war nun alt und wollte sich aus dem Tagesgeschäft zurückziehen. Genau diese Arbeit wollte ich unbedingt übernehmen und in dem schönen Hotel wohnen – am liebsten sofort. Das sagte ich ihm auch.

Den zweiten Tag auf der Messe verbrachten wir zusammen. Mir gefiel es, dass er mich nach meiner Meinung fragte, welche der neuen Produkte und Serviceangebote für sein Hotel passen könnten. Das machte mich stolz und ich fühlte mich respektiert. Meist sah er mich an, als wäre ich der einzige Mensch auf der ganzen Welt. Nichts schien ihn mehr zu interessieren als ich und das, was ich sagte.

Mir gefiel seine ruhige Ausstrahlung. Er wirkte gesetzt und zuverlässig – ganz anders als die jungen Leute, die ich sonst um mich hatte. Mir schien, dass ich noch nie Leute in meinem Alter mochte, sondern schon immer Männer vorzog, die erheblich älter waren als ich.

Sobald Henry zufällig meine Hand berührte, fühlte ich eine Art Stromschlag, der meinen ganzen Körper durchlief und zum Schluss in den Wangen wie Feuer brannte. Ich hatte zwar eine ungefähre Ahnung, was dieses Gefühl bedeutet, doch ich war zu unerfahren und viel zu schüchtern und wusste nicht, wie ich mich verhalten sollte. Ich sah meinen künftigen Chef in ihm, weshalb ich auf Distanz achtete.

Henry sah das wohl anders, denn zum Abschied küsste er mich. Auf den Mund! Bisher kannte ich nur die Begrüßungs-Küsse links und rechts auf die Wange. Ein Kuss auf den Mund ist etwas sehr Intimes und nur Eheleuten erlaubt. Dieser Kuss hat mich zutiefst erschreckt, denn wir kannten uns kaum zwei Tage.

„Ich habe das Gefühl, dich schon ewig zu kennen und möchte dich morgen unbedingt wiedersehen", sagte Henry.

Er hielt meine Hände fest in seinen und sah mich auf eine Art an, die mich schwindlig und ein wenig ängstlich machte. Trotzdem oder gerade deshalb wollte auch ich ihn wiedersehen, denn ich fühlte mich ausgesprochen wohl in Henrys Nähe. Im Grunde hatten wir nur Augen füreinander und mussten gar nichts sagen. Schon sein Blick führte mich in eine Welt voller Gefühle, die mir bis dahin völlig unbekannt waren.

Am nächsten Tag lud mich Henry zum Essen ein und machte mir eindeutige Avancen, die ich ebenso deutlich zurückwies.

„Ich bin Türkin. Für mich kommt Sex vor der Ehe nicht in Frage."

„Dann heiraten wir eben!", antwortete er schlagfertig.

Ich lachte, weil ich es für einen Scherz hielt, doch er sagte, er meine es ernst und wollte sofort mit meinen Eltern sprechen.

*****

Meine Eltern sind keine strenggläubigen Moslems. Sie verlangten nie, dass meine beiden Schwestern und ich ein Kopftuch tragen, wir durften ausgehen und sogar bei Freundinnen übernachten. Sie mögen es zwar nicht, wenn ich Alkohol trinke, verbieten es aber nicht.

Henry war ihnen sofort sympathisch. Er sprach von seinem Hotel und meine Eltern glaubten, es ginge nur um die Arbeitsstelle im Ausseer Land, das fast dreihundert Kilometer von Wien entfernt ist. Mutter erwähnte meinen Verlobten, dem es nicht recht wäre, wenn ich in der Fremde arbeite.

Henry schaute mich irritiert an und ich erklärte ihm, dass meine Eltern für mich einen türkischen Mann ausgesucht haben, was bei uns nicht unüblich ist.

„Ich habe ihrer Wahl nicht zugestimmt", versicherte ich eilig, „Erst, wenn ich einverstanden bin, dürfen die Eltern des Bräutigams offiziell um meine Hand anhalten."

„Du bist also noch frei?", fragte Henry sichtlich erleichtert.

„Hanife ist bereits fünfundzwanzig Jahre alt. Es war nicht leicht, für sie eine Verlobung zu arrangieren. Wenn sie jetzt fortgeht, wird sich kein anständiger Mann mehr finden, der sie nimmt", erklärte mein Vater.

Und Mutter ermahnte mich: „Du kannst dir nicht erlauben, so wählerisch zu sein!"

„Und wenn Hanife *mich* wählt?"

Dass sich Henry meinen Eltern so bestimmt entgegenstellte, imponierte mir. Noch mehr gefiel mir, dass er nicht meinen Vater fragte, sondern ganz selbstverständlich mir die Wahl überließ. Vielleicht wusste er nicht, dass in türkischen Familien die Eltern alles für ihre Kinder entscheiden. Oft wählen sie sogar den Ehepartner aus und die Kinder wagen nicht zu widersprechen.

Doch meine beiden Schwestern und ich wurden zur Eigenverantwortung erzogen. Brüder habe ich zum Glück keine, denn die würden sich sicher einmischen. Früher wünschte ich mir Brüder, die mich zwar hauen, wenn ich mit ihnen streite, aber nicht wie meine Schwestern tagelang nicht mit mir reden.

Meine Schwestern sind beide bereits verheiratet und haben Kinder. Auch ich möchte gern heiraten und drei oder vier Kinder haben, doch nicht diesen türkischen Bräutigam. Meine Eltern finden es nicht schlimm, dass er kein ordentliches Deutsch beherrscht. Sie möchten mich glücklich sehen, aber sie möchten keinen katholischen Schwiegersohn.

„Es ist bekannt, dass Ehen zwischen Türken und Deutschen mit einer Scheidung enden", warnte mein Vater. „In Wien gibt es genug Türken. Muss es ausgerechnet ein Deutscher sein?"

Henry ist kein Deutscher, er ist Österreicher! Ihn mochte ich sofort ganz im Gegensatz zu diesem türkischen Bräutigam mit seinem stolzen Gehabe. Henry hatte es nicht nötig, sich so aufzuplustern wie ein Gockel, er war groß, blond und sportlich.

Meine Schwestern haben ihre Ehemänner selbst gewählt, also werde auch ich diese Entscheidung selbst treffen.

Laut sagte ich: „Weil ich ihn liebe."

Ich betete, dass mein Vater nicht fragt, wann und wo wir uns kennengelernt hatten. Ich weiß selbst, dass drei Tage viel zu kurz sind als Basis für eine Ehe. Andererseits kennen sich manche türkischen Paare vor der Hochzeit überhaupt nicht.

„Liebe hat nichts mit Romantik zu tun. Liebe ist Verantwortung und somit harte Arbeit."

„Ich arbeite gern und will unbedingt in Henrys Hotel arbeiten."

„Arbeite dort drei oder sechs Monate und entscheide erst dann! Verträge kann man lösen, doch die Ehe sollte für die Ewigkeit sein."

Vaters Argument leuchtete mir ein, doch ich war schon fünfundzwanzig Jahre alt, sexuell völlig unerfahren und vertraute Henry. Er würde zuverlässig für mich sorgen. Wir würden im Hotel zusammen arbeiten und drei oder vier Kinder haben. Meine Zukunft sah vielversprechend aus.

Schließlich sagte mein Vater zu Henry: „Falls

Hanife Sie wählt, gibt es keine türkische Hochzeit und sie verliert ihre gesamte Familie."
Und Mutter ergänzte: „Damit ist alles gesagt."

*****

Was war nur in mich gefahren? Ich war über
mich selbst entsetzt, wie schnell ich bereit war,
für diesen schönen fremden Mann meine gesamte Familie zu verlassen. Wie sollte ich ohne
meine Familie leben?
In unserer Wohnung in Wien trafen sich ständig
Verwandte von beiden Seiten meiner Eltern,
meine Schwestern mit ihren Kindern hielten
sich jeden Tag bei uns auf. Wir kochten und
aßen zusammen. Auch ich wollte später mit
meinen Kindern meine Eltern und Schwestern,
Cousins und Cousinen besuchen, mit ihnen
essen, feiern und leben.
Doch dazu müsste ich den türkischen Bräutigam akzeptieren, den ich nicht wollte, weil er
nicht einmal richtig deutsch sprach, obwohl er
wie ich in Wien geboren ist. Ihn konnte ich mir
nicht als Vater meiner Kinder vorstellen.
Das war bei Henry anders. Er wirkte fürsorglich
und hatte Verständnis dafür, dass ich vor der
Ehe keinen Sex wollte. Außerdem erzählte er
so begeistert von seinem Hotel am Stadtrand
mit Blick auf einen gigantischen Berg, dass ich

es kaum erwarten konnte, diesen Berg zu sehen. Ich kenne die Berge nicht, weil ich mein Leben ausschließlich in Wien verbrachte. Von den traditionellen Festen im Ausseer Land hatte ich auch noch nie gehört. Am meisten beeindruckte mich das Narzissenfest, das in jedem Jahr im Mai stattfindet. In der ganzen Region wachsen so weit das Auge reicht weiße wilde Narzissen, aus denen riesige Figuren gefertigt werden. Das konnte ich mir überhaupt nicht vorstellen und machte mich neugierig.

„Ein Punkt könnte dich stören", sagte Henry leise und wirkte etwas unsicher. „Ich bin tagsüber viel unterwegs, pflege die Kontakte, besuche wichtige Messen und gehe hin und wieder hinauf auf den Berg."

Glaubt er, ich erwarte, dass wir jeden Handgriff gemeinsam erledigen? Jeder hat seine Arbeit und ich mag Eigenverantwortung.

„Deshalb brauche ich eine zuverlässige Frau an meiner Seite. Ich wäre überglücklich, wenn du diese Frau wirst."

Er umfasste meine Hände und schaute mich erwartungsvoll an. Alles in mir schmolz dahin.

Ich musste nicht lange überlegen und sagte: „Ich wäre sehr gern die Frau an deiner Seite."

Henry umarmte mich und ich sah ihm an, wie glücklich er darüber war, dass ich mit ihm gehen wollte. Auch ich war glücklich. Ich fühlte mich geliebt und geachtet und hatte das Gefühl, dass er mir jeden Wunsch von den Augen ablesen wollte. Dabei war ich bereits wunschlos glücklich. Ich war bei ihm. Mehr wollte ich nicht.

Wir gingen täglich aus und besprachen unsere Zukunft. Meine Aufgaben in *unserem* Vier-Sterne-Hotel mit sechzig Betten wären überschaubar. Für das Abendmenü der Hausgäste sei der Koch mit seinen beiden Helfern zuständig, ich müsste mich nur um das Frühstücksbuffet kümmern und die Mitarbeiter im Service anleiten.

Ich konnte es kaum erwarten, das Ausseer Land mit seinen klaren Seen, traditionellen Festen und Schnee im Winter kennenzulernen.

Auch in Wien schneit es, doch nur an wenigen Tagen und selten mehr als fünfzehn Zentimeter. Meist sind die Flocken schon Wasser, bevor sie den Boden erreichen. Henry sprach von Wintern mit mehr als zwei Meter Schnee. Ich mag keinen Schnee, doch vielleicht ist der Schnee auf dem Land anders, nicht grau und nass, sondern wie Henry behauptete strahlend weiß und in der Sonne glitzernd wie Diamanten.

Hochzeit

Ich kündigte meinen Arbeitsvertrag und war frei für meine neue Stelle und mein neues Leben. Damit Henry alle Formalitäten erledigen konnte, übergab ich ihm meinen Ausweis, die Geburtsurkunde und eine Vollmacht für die Anmeldung unserer Heirat in seinem Heimatort. In Wien hätten wir sechs Monate auf einen Termin warten müssen, das wollte wir beide nicht. Henry kennt in seiner Heimat die Beamten und vereinbarte bereits für den nächsten Mittwoch die Eheschließung.

Das ging mir nun doch etwas zu schnell. Ich hatte kaum Zeit, mich von meiner Familie und meinen Freunden zu verabschieden und meine Sachen zu packen – geschweige denn, mich auf die Hochzeitsfeier gebührend vorzubereiten, die fünf nötigen Kleider und Wäsche und Schuhe zu kaufen.

Bei einer türkischen Hochzeit bezahlt der Bräutigam das Brautkleid und schenkt seiner künftigen Frau Schmuck. Damit war Henry sofort einverstanden.

„Kannst du dir vorstellen, in einem Ausseer Dirndl zu heiraten?", fragte er.

Eigentlich träumte ich von einem roten Kleid für das große Fest am Vortag und einem langen Brautkleid aus weißer Spitze für die Trauzeremonie. Ein Kleid, das man nur einmal trägt und zwar am allerschönsten Tag seines Lebens. Doch da es keine türkische Hochzeit gab, war ich mit allem einverstanden und sehr gespannt darauf, wie solch eine Feier in den Bergen wohl abläuft.

*****

Nach knapp drei Fahrstunden kamen wir in Bad Aussee an. Schon von weitem fiel mir ein markanter Berg auf, den Henry Loser nannte. Noch bevor ich unser Haus und das Hotel zu sehen bekam, führte mich Henry in ein Trachtengeschäft. Die Verkäuferin küsste ihn links und rechts auf die Wange und umarmte mich herzlich. Mir fiel sofort ein taubenblaues Dirndl mit silberner Spitzenschürze auf, das ich sofort anprobieren wollte.

„Das ist ein Brautdirndl", erklärte die Verkäuferin.

Wie passend! Solch ein wunderschönes Kleid würde ich liebend gern zu meiner Hochzeit tragen, auch wenn der Rock nicht bodenlang war, sondern nur leicht das Knie bedeckte. Doch Henry zog mich beiseite und sagte zur Verkäuferin: „Nein, so etwas kommt nicht in Frage. Das kann man nur ein einziges Mal tragen. Wir brauchen fünf alltagstaugliche Dirndl in Ausseer Farben, dazu passende Blusen, Schmuck und Schuhe."

Ich versuchte, mir meine Enttäuschung nicht anmerken zu lassen. Henry wirkte so glücklich und ich wollte ihm die Freude auf den morgigen Hochzeitstag und unsere Zukunft nicht verderben.

Vier Dirndl hatten ein grünes Leibchen, eines war lila, die Schürzen rosa oder lila, für die Hochzeit eine mit einem roten Blumenmuster. Dazu gab es zwei Trachtenketten. Die eine bestand aus einer rote Kordel mit einem silbernen Herzanhänger und einem Rubin in der Mitte, die andere nannte sich Hirschhornkette mit einem Edelweißanhänger.

Bisher besaß ich ausschließlich Goldschmuck, doch der passte wohl nicht zur Tracht.

*****

Im Nachbarort parkte Henry vor einem großen Wohnhaus.

„Das ist dein neues Reich!", verkündete er feierlich.

Mir gefiel die moderne und sehr großzügige Küche sofort, dazu in einem Erker ein Essplatz mit einer um den Tisch umlaufenden Bank, ein Wohnzimmer mit einer grauen Sofalandschaft, bodentiefen Fenstern und Zugang zur Terrasse mit Blick auf diesen gigantischen Berg Loser.

„Wir stellen nur unsere Koffer ins Schlafzimmer. Dann gehen wir hinüber ins Hotel an den Familientisch."

Sofort war ich ganz aufgeregt. Wird mich seine Mutter mögen? Bisher wusste ich nur, dass sie sich aus dem Geschäft zurückziehen will. Gibt es einen Vater? Geschwister? Cousins? Ich habe all das nicht gefragt. Doch dazu war es jetzt zu spät. Wir erreichten das Hotel nach nur wenigen Schritten.

Henry begrüßte den einen oder anderen Gast und führte mich in eine Ecke, in der um einen großen Tisch mehrere Leute saßen.

„Das ist Hanni", stellte er mich vor, obwohl ich Hanife heiße. „Sie kommt aus Wien und wird ab übermorgen die tägliche Früh- und Spätschicht übernehmen und bei mir im Haus wohnen."

Bestürzt schaute ich ihn an, denn er erwähnte nicht, dass ich seine Braut bin und wir am nächsten Tag heiraten. Doch schnell beruhigte ich mich wieder, denn er hatte ganz sicher seine Familie telefonisch informiert. Dass die Hochzeitsreise erst im November zur Schließzeit stattfinden kann, hatte mir Henry bereits gesagt.

„Das ist meine Mutter, mein Vater, unser Koch Falko und Vroni."

„Für dich und Falko – für alle anderen bin ich immer noch Veronika!", stellte das Mädchen klar, ohne von seinem Teller aufzusehen.

Bei jedem Namen zeigte Henry mit der Hand auf die jeweilige Person. Die Mutter musterte mich abschätzig, Veronika schniefte missbilligend durch die Nase und aß ungerührt weiter. Ich schätzte sie auf maximal achtzehn Jahre. Falko trug ein rotes Kochsakko und schien etwa in meinem Alter zu sein. Er stand auf und küsste mich auf beide Wangen.

„Ich würde auch gern aufstehen, doch das klappt nicht mehr", sagte der Vater und zeigte auf den Rollstuhl, in dem er saß.

Das war mir gar nicht aufgefallen.

„Du musst dich schon zu mir herunterbeugen, damit ich dich umarmen und an unserem Familientisch willkommen heißen kann."

Er lächelte mir zu und packte meinen Arm. Mir war er sofort sympathisch.

„Setz dich zu uns, Mädchen, und erzähle ein wenig aus deinem Leben", forderte er mich auf.

Ich erzählte, dass mein Vorname Hanife ist, dass ich Türkin und in Wien aufgewachsen bin, dort im Hotelfach gelernt und gearbeitet habe und mich auf meine neue Arbeit hier im Haus freue.

„Hanni ist müde. Ich zeige ihr nur kurz das Hotel."

Damit verabschiedeten wir uns.

*****

Kaum waren wir wieder im Haus, hob mich Henry auf seine Arme und trug mich direkt ins Schlafzimmer. Mir war sofort klar, was das zu bedeuten hat: Er wollte die Hochzeitsnacht vorziehen. Das sah ich an seinem Blick, der mir in sämtliche Glieder fuhr. Ich fühlte mich auf einmal so schwach, als fehlten mir sämtliche Muskeln. Trotzdem bemerkte ich, dass das Bett nur mit grün karierter Wäsche bezogen war, während ich goldfarbene Seide erwartet hatte. Es standen weder Sekt noch Gläser bereit, auch keine Naschereien.

„Sollte ich nicht erst duschen?", fragte ich leise.

„Aber nein! Ich will dich so wie du bist und zwar sofort."

Nun war ich doch ein wenig erschrocken, weil ich so unerfahren war und nicht wusste, was mein Bräutigam von mir erwartete. Was sollte ich tun? Und was durfte ich auf gar keinen Fall?

„Du bist so wunderschön!", sagte er keuchend.

Gleichzeitig begann er, mich zu entkleiden. Dabei ging er recht ungeschickt vor, denn ein Knopf meiner Bluse sprang ab. Er hauchte mir

Komplimente ins Ohr und sagte mit heiserer Stimme, was er gleich tun wird. Seine warmen Hände streichelten zuerst meine Arme, dann die Schultern, Hüften, Beine – überall liebkoste er mich sanft, so dass ich mich sehr schnell völlig entspannte und mich einfach seiner liebevollen Führung überließ.

Es war eine wunderschöne erste Nacht, die ich in meinem ganzen Leben niemals vergessen werde.

*****

Zur Trau-Zeremonie am nächsten Tag hielt sich der Standesbeamte nicht mit einer langen Rede auf. Nach knapp zwanzig Minuten waren wir rechtmäßig verheiratet.

„Und jetzt gehen wir schön essen!", verkündete Henry vergnügt.

Außer einem zweiten Paar saßen keine weiteren Gäste im Lokal, weshalb ich keine gute Küche erwartete. Leider hatte ich Recht. Es gab ein recht trockenes Wiener Schnitzel mit Kartoffeln und statt Gemüse ein einzelnes Salatblatt mit je einer Scheibe Gurke und Tomate.

Die ganze Zeit wunderte ich mich darüber, dass keiner aus Henrys Familie mit uns feierte. Er erklärte mir, dass alle arbeiten müssten.

„Aber du hast doch gesagt, dass es im Hotel

keinen Mittagstisch gibt", wunderte ich mich. „Wenigstens deine Eltern hätten zur Trauung und zum Essen dabei sein müssen."

Henry kaute an seinem Schnitzel, sagte aber nichts.

„Hast du keine Geschwister?"

Er schüttelte den Kopf und steckte sich einen weiteren Bissen in den Mund.

„Und deine Freunde? Gibt es heute Abend ein Fest im Hotel?"

„Wie kommst du darauf? Wir haben Hausgäste! Außerdem habe ich keine Lust, die halbe Stadt zu bewirten."

Auf solch eine bescheidene Hochzeit war ich nicht gefasst. Ich musste schon auf die Verlobungsfeier und auf die Henna-Nacht verzichten und war nicht einmal beim Friseur, um mir die typisch pompöse Hochsteckfrisur und die Nägel machen zu lassen. Ich hatte mich auf eine traditionelle Ausseer Hochzeit gefreut und nun saß ich ganz allein mit meinem frisch angetrauten Ehemann in einem schäbigen Gasthof. Ich war einfach nur traurig, was Henry nicht verstand.

„Was willst du? Wir sind jetzt Mann und Frau und dürfen das Kopfkissen teilen, wie du immer so hübsch sagst."

Er lächelte, doch ich fühlte mich außerstande, sein Lächeln zu erwidern.

Ich erzählte ihm, dass bei einer türkischen Hochzeit die vielen hundert Gäste Geschenke und Geld überreichen, um dem Brautpaar den Start ins Leben zu erleichtern.

„Das brauchen wir nicht. Wir haben alles. Wir haben ein Hotel, ein schönes Haus, genügend Geld und wir haben uns."

„Ich weiß", schluchzte ich und hoffte, dass dieser einsame Start in die Ehe kein übles Zeichen für unsere gemeinsame Zukunft bedeutet.

Henry lächelte mich überaus glücklich an und hielt meine Hand. Sofort war mir wieder klar, dass ich den Mann meines Lebens gefunden und geheiratet hatte. Dieser eine Tag der Hochzeit durfte mir nicht so wichtig sein. Wichtig war das gemeinsame Leben mit Henry als Ehepaar und Eltern von drei oder vier Kindern.

*****

Mitten in der Nacht weckte mich wüstes Gepolter. Ich fuhr erschrocken im Bett hoch, schaltete die Nachtlampe an und klammerte mich an Henrys Arm.

„Einbrecher sind im Haus!"

„Das ist nur Vroni", nuschelte er schläfrig, gab mir einen Kuss und drehte sich zur Seite.

Ich verstand, dass Vroni die Abkürzung von Veronika ist. Doch ich verstand nicht, weshalb sie in unserem Haus wohnte und nicht in einer der Dienstwohnungen für Mitarbeiter, die sich ganz in der Nähe befanden. Deshalb fragte ich ihn.

„Meine Tochter", war die knappe Antwort.

Ich war mit einem Schlag hellwach.

„Deine Tochter?", fragte ich derart fassungslos, dass sich meine Stimme überschlug.

„Wir reden später. Jetzt will ich schlafen."

„Wir reden jetzt!", schrie ich außer mir vor Zorn und rüttelte an seiner Schulter.

Wie konnte es sein, dass mein Mann eine Tochter hat, von der ich nichts wusste und die noch dazu in unserem Haus wohnte?

„Also gut!", gab er nach. „Vroni verbrachte ihre ersten achtzehn Lebensjahre bei ihrer Mutter und wohnt seit letztem Monat hier. Mehr gibt es dazu nicht zu sagen."

Mehr gab es nicht zu sagen? Ich erfuhr in der Hochzeitsnacht wie nebenbei, dass Henry eine Tochter hat, die in unserem Haus *wohnt*. Das hat er mit keiner Silbe erwähnt.

„*Seit* einem Monat? Wie lange bleibt sie?"

„So lange sie will."

„Und wenn ich schwanger werde?"

Henry setzte sich auf, packte meinen Oberarm und sagte: „Du wirst nicht schwanger! Merk dir das!"

Er schaute mich derart streng an, dass mir klar war, er meint es ernst. Doch eine Türkin lässt sich vom gebieterischen Gehabe ihres Mannes nicht schrecken. Von daheim wusste ich, dass im Haus die Frau das Sagen hat und allein über das Kinderkriegen entscheidet.

„Ich will eine Familie. Ich will drei oder vier Kinder!"

„Aber *ich* will keine Kinder mehr, denn ich habe genug davon. Punkt."

„Veronika ist erwachsen, also kein Kind mehr."
Und schon gar nicht meins, dachte ich.

„Umso besser. Ich wollte schon das erste Kind nicht und Vroni noch weniger."

„Also ...", stottere ich irritiert.
Er wollte schon das erste Kind nicht? Das bedeutet, es gibt außer Veronika noch eins?

„Du hast ..."

„Falko, unser Koch, ist mein Sohn. Er lebt seit seiner Geburt bei meinen Eltern."

Ich war völlig fassungslos. Wie konnte ich einen Mann heiraten, der mir seine zwei Kinder verschweigt und mit mir keine Kinder will?

„Warum hast du mir nichts von deinen Kindern erzählt?"

Schlagartig wurde mir klar, dass wir fast ausschließlich über das Hotel gesprochen hatten und über das Ausseer Land. Über Henry privat wusste ich im Grunde gar nichts.

„Weil sie nichts mit dir zu tun haben."

Natürlich haben sie mit mir zu tun! Sehr viel

sogar. Ich arbeite täglich mit seinem Sohn und seine Tochter wohnt in meinem Haus.

„Wie soll das funktionieren?"

„Ganz einfach! Jeder Mensch lebt in seiner eigenen Realität: du in deiner, ich in meiner."

Wieso glaubte er, dass wir verschiedene Realitäten haben? Weil ich eine Frau bin und er ein Mann? Oder weil ich Türkin bin und er Österreicher?

Henry drehte mir den Rücken zu.

„Schlaf jetzt! Ist noch früh!"

Außer mir vor Zorn drehte ich mich von ihm weg und schniefte in mein Taschentuch. Er sollte es keinesfalls wagen, mich anzufassen oder gar versuchen, mich zu beruhigen. Doch er tat es nicht. Er schlief sofort ein, was mir seine gleichmäßigen Atemzügen bewiesen. Ich dagegen lag panisch und entsetzt unter meiner Decke und grübelte über seine gesagten und ungesagten Worte und deren Bedeutung nach. Ich fand mich in einer Situation, mit der ich nicht gerechnet hatte und mit der ich nicht umgehen konnte.

Geheimnisse sind die Feinde des Vertrauens. Türken heiraten, wenn sie volles Vertrauen zueinander haben und lassen sich scheiden, wenn dieses Vertrauen nicht mehr besteht. Liebe ist gut, doch Vertrauen ist besser, zumal es ohne Vertrauen gar keine Liebe geben kann.

Im ersten Schock wollte ich mich sofort von ihm trennen, mich scheiden lassen. Doch wohin sollte ich gehen? Zurück zu meiner Familie konnte ich nicht. Meine Eltern hatten mich gewarnt. Trotzdem hatte ich mich gegen sie und allein für Henry entschieden. Deshalb gab es für mich keinen Weg mehr zurück in mein altes Leben.

Außerdem war ich keine Jungfrau mehr.

Wäre ich Witwe, würden sie mich wieder aufnehmen, obwohl ich den falschen Mann geheiratet hatte. Von meinen beiden älteren und sehr traditionsbewussten Schwestern konnte ich ebenfalls keine Hilfe erwarten. Ich war ganz allein auf mich gestellt und vollkommen auf Henry angewiesen, der nun meine gesamte Familie ausmachte. Ihn hatte ich gewählt und mit ihm musste ich ab jetzt zurechtkommen.

Lange konnte ich nicht einschlafen. Im Traum verirrte ich mich im Labyrinth von engen Gassen, die aus Treppen bestanden und zwischen hohen Häusern entlangführten. Manchmal fehlten Stufen oder das Geländer. Ich folgte verzweifelt den Schildern mit der Aufschrift *Hotel*, doch als ich es fand, war es schrecklich verwinkelt mit engen Treppenaufgängen und vielen Stufen hinauf und hinunter. Ich fand mich nicht zurecht und wurde schweißgebadet wach.

Lange grübelte ich, was dieser Traum wohl bedeutet. Dass ich den Hotel-Schildern folgte, kann nur heißen, dass ich für mein Leben den richtigen Weg eingeschlagen habe, aber der Weg zum Erfolg nicht gerade verläuft, sondern mühsam und anstrengend sein wird wie diese vielen Treppen.

Mit dieser Deutung war ich zufrieden und nahm mir vor, alles zu tun, um mit Henry und unserem Hotel glücklich zu werden.

*****

Seit zwei Jahren lebe ich hier im Ausseer Land und bin zufrieden mit meinem Leben, meiner Arbeit und meiner Ehe. Ich liebe Henry, seine Gelassenheit und seine freundliche Ruhe. Nie verliert er die Geduld oder stöhnt über zu viel Arbeit. Manchmal wünsche ich mir, dass er mehr Zeit für mich hat. Oft ist er tagelang in den Bergen oder auf Messen unterwegs, wobei ich ihn nicht begleiten kann. Doch das wusste ich bereits vorher.

Im Hotel lässt mir Henry freie Hand. Er sagt immer: „Mach, wie du denkst!" Dabei würde ich viel lieber alles mit ihm besprechen und frage ihn, was er will. Doch er zuckt nur mit der Schulter und lässt mich bestimmen, weil er keine Streitgespräche mag. Ich dagegen diskutiere gern. Sobald ich lauter argumentiere, lacht er und verlässt das Zimmer. Natürlich ist mir ein lachender Mann lieber als einer, der wütend herumschreit, doch ohne Diskussionen kann man sich nicht einigen. Henry meint, er muss nicht meiner Meinung sein, sich nur auf mich verlassen können.

Ich mag meine Aufgaben im Hotel und ich mag unser wunderschönes großes Wohnhaus mit Blick zum Loser.

Deshalb werde ich mich beherrschen und nicht zulassen, dass mein türkisches Temperament meinen Verstand und damit mein neues Leben zerstört.

Falko und Veronika sind beide erwachsen und werden bald ihre eigenen Wege gehen. Dann wird Henry meinen Kinderwunsch verstehen und nachgeben. Er ist noch keine fünfzig Jahre alt, also jung genug, um noch einmal Vater zu werden. Ich dagegen habe nicht mehr so viel Zeit, denn Türkinnen bekommen ihr erstes Kind meist mit zweiundzwanzig, doch ich bin bereits siebenundzwanzig Jahre alt.

Meinen Kinderwunsch werde ich mit weiblichen Mitteln durchsetzen. So, wie es jede normale Frau macht. Die Frau hat im Haus das Sagen, der Mann draußen.

Für mich ist eine Familie ohne Kinder nicht vorstellbar. Drei oder vier Kinder sollten es sein.

Das stand für mich immer fest und ich ging davon aus, dass sich auch Henry Kinder wünscht. Leider haben wir darüber vor der Hochzeit nie gesprochen. Und worüber man nicht spricht, das existiert nicht.

Kinder

Ich mag Kinder. In meiner großen Verwandtschaft gab es viele Cousins und Cousinen und zuletzt die fünf Kinder meiner Schwestern.

Fremde Kinder anzusprechen, auf Wangen und Stirn zu küssen, sie hochzunehmen oder ihnen Dinge zu schenken, ist in der Türkei völlig normal. Ob Mann oder Frau, ob jung oder alt, wer Kinder sieht, nimmt Kontakt zu ihnen auf und will ihnen unbedingt eine Freude machen. Hierzulande wäre es dagegen ein Skandal, ein fremdes Kind einfach durch die Luft zu wirbeln und ihm Schokolade zu schenken.

In Wien lernte ich, mich bei Kindern zurückzuhalten, und doch mag ich unsere kleinen Hotelgäste besonders gern. Die Kinder spüren das, kommen auf mich zu, stellen mir ungeniert Fragen und laufen mir hinterher. Manchmal nehme ich mir ein paar Minuten Zeit, um mit ihnen Ball auf der Wiese zu spielen oder auch *Mensch-ärgere-dich-nicht*, während die Eltern mit ihren Handys beschäftigt sind.

*****

„Geh weg da!", höre ich Tanjas schrille Stimme durch die Gaststube hallen.

Sofort schaue ich nach, weshalb sie so lautstark schimpft und sehe ein Kleinkind über das Parkett krabbeln. Eines der Serviermädchen umgeht das Kleine und balanciert dabei geschickt mehrere Teller.

Aus Erfahrung weiß ich, dass es keinen Zweck hat, die Eltern darauf aufmerksam zu machen, dass jemand über ihr Kind stolpern könnte. Meist macht sie solch eine Bitte wütend und sie fragen erbost, ob ich etwas gegen Kinder hätte. Im Moment greift das Baby nach der Tischdecke an Tanjas Tisch und will sich offenbar daran hochziehen. Das kann nicht gut gehen, denn die Gläser werden umstürzen.

Schnell greife ich die schmutzig-nassen Händchen, löse sie vom Tischtuch, nehme das Kind auf den Arm und frage: „Wo ist denn deine Mama?"

Suchend schaue ich mich um, während die kleinen Hände durch meine Haare wuscheln und die Klammern der Hochfrisur entfernen. Ich muss aufpassen, dass die Nadeln nicht durch die Gegend fliegen und am Ende auf einem

Gasttisch landen.

Natürlich weiß ich, zu welcher Familie das Kind gehört, doch ich sehe die Eltern nicht im Gastraum. Deshalb schaue ich auf der Terrasse nach. Dort sitzen beide und rauchen.

Sofort kommt mir der Vater entgegen, nimmt mir wortlos das Kleine ab und setzt es sofort auf den kalten Steinboden. Ich habe schon die nackten Beinchen und Füßchen bemerkt und mich im Gasthof nach den kleinen Schuhen und Strümpfen umgeschaut. Leider vergebens. Das Kind trägt nicht einmal eine Hose, nur eine Windel.

Der Mann nimmt einen Zug aus seiner Zigarette und setzt sich wieder in seinen Sessel, während seine Frau oder Freundin nicht einmal von ihrem Handy aufgeschaut hat. Das Kleine kriecht inzwischen wieder in die Gaststube.

Ich seufze, weil die Eltern das scheinbar völlig in Ordnung finden. Es hilft nichts, ich muss die Leute ansprechen und hoffen, dass es keinen Ärger gibt.

In solch brenzligen Situationen fallen mir meist typische Wiener Schmähworte ein, die mich gelassen reagieren lassen.

Ich denke: „Soi i da jetz in Oasch aufreißn oda soi i da einekräun?" (Soll ich dich jetzt zur Schnecke machen oder mich bei dir Liebkind?) Wie immer wähle ich den Mittelweg und sage freundlich und gleichzeitig bestimmt: „Bitte behalten Sie Ihr Kind im Auge, da es auf dem Boden übersehen werden und sich verletzen könnte."

Die Frau wirft einen kurzen Blick auf den Mann und der holt sofort zum Rundumschlag aus.

„Es ist wohl *deine* Aufgabe, im Lokal für Ordnung zu sorgen! Ich bin Anwalt und kenne die Rechtslage in einem Hotel. Am besten, du rufst deinen Chef, damit ich die Sache mit ihm ein für alle Mal klären kann."

In Österreich ist das Duzen Unbekannter durchaus üblich, allerdings nur in Bergregionen. Ich mag das nicht, schon gar nicht im Hotel.

„Herr Leitner ist im Moment leider nicht im Haus, doch ich werde ihn informieren. Er wird sich bei Ihnen melden, wenn er zurück ist."

Henry reagiert zwar immer ruhig und gefasst auf Beschwerden der Gäste, doch er lässt sich nicht von einem Anwalt drohen. Dann verweist er meist recht schnell auf sein Hausrecht, vor allem, wenn es um Kinder geht. Er mag es nicht, wenn sie durch das Lokal rennen, andere Gäste belästigen oder mit dem Essen manschen *wie die Schweine*. Ich wähle deshalb für die Familientische immer den äußeren Gastraum, der mit Parkett und einfacheren Möbeln ausgestattet ist. Der innere hat helle Teppiche gepolsterte Sitzbänke, die sich nur schwer reinigen lassen.

Der Mann brummt etwas Unverständliches, ohne mich noch einmal anzuschauen, die Frau wischt weiter auf ihrem Smartphone herum.

„Ayden-Joel!", ruft sie plötzlich und sieht dabei ihren Partner an.

Der springt sofort auf und sucht mit den Augen nach seinem Kind.

Ayden-Joel. Ein seltsamer Name, den ich bisher noch nicht hörte und den ich mir sofort notiere. Ich führe eine Liste mit ungewöhnlichen Namen und google nach deren Bedeutung. Denn eines Tages werde auch ich ein eigenes Kind haben. Nicht, dass ich ihm solch einen Namen geben will. Mir macht es einfach Freude, mich mit Babynamen und Kindererziehung zu beschäftigen, denn man lernt nie aus.

*****

In der Nacht träume ich, dass in unserem Hotel keine Kinder erlaubt sind. Sie werden sofort nach ihrer Ankunft in eine kleine Bodenkammer gesperrt. Mir tun die Kinder leid und ich überlege, wie ich ihnen eine Freude machen kann. Ich beschließe, Palatschinken zu backen. Auf drei Tellern stapelt sich bereits das Gebäck, das ich mit Schokolade, Honig oder Marmelade bestreiche. Plötzlich regnet es durch die Decke und durchnässt die gesamte Küche.

Statt die Teller beiseite zu räumen, raufe ich mir die Haare, die von Marmeladen- und Mehlresten immer klebriger werden, und schreie verzweifelt um Hilfe. Doch es kommt keine Hilfe. Ich schaue auf die Straße und sehe, wie Henry die Kinder in einen Bus dirigiert. Immer mehr Kinder, mehr als hundert, verschwinden in dem kleinen Bus. Mir ist klar, dass ich die Kinder niemals wiedersehen werde und weine derart heftig, dass der ganze Boden nass ist. Ich muss ihn sofort trockenwischen, weshalb ich den Kindern nicht zum Abschied winken kann, was mich noch trauriger macht.

Völlig durcheinander wache ich auf. Mein Hemd ist klatschnass. Ich brauche einen Moment, um zu merken, dass ich nur geschwitzt habe.

Jetzt höre ich ein gleichmäßiges Rauschen: es regnet. Deshalb hatte ich von Wasser geträumt. Weiterzuschlafen bringt nichts, denn in einer halben Stunde würde ohnehin der Wecker klingeln. Also stehe ich auf und nehme mir vor, recht bald einen großen Berg Palatschinken zu backen.

Liebe im Alter

Auf der Terrasse sitzt ein hochbetagtes Paar Hand in Hand. Es berührt mich sehr, wie liebevoll sich diese Beiden anschauen. Ich weiß, dass der Herr bereits achtzig Jahre alt ist und seine Partnerin nur zwei Jahre jünger.

Die Frau bemerkt mich und winkt mir zu. Ich winke zurück.

„Ist es möglich, jetzt eine Flasche Sekt zu bekommen?", fragt der Mann.

„Selbstverständlich. Haben Sie einen bestimmten Wunsch?"

Wieder schauen sich die beiden alten Herrschaften so innig an, dass mir ganz warm ums Herz wird.

„Nein, nur prickeln muss es", erklärt die Frau kichernd.

Ich gieße zwei Gläser ein und stelle die Flasche in den Sektkühler auf den Tisch.

„Setzen Sie sich zu uns und trinken Sie ein Gläschen mit!"

„Aber Ilse-Schatz, die Dame hat sicher keine Zeit zum Herumsitzen."

„Doch!", antworte ich. „Ich habe immer Zeit für unsere Gäste und außerdem im Moment frei."

In vier Stunden erst erwartet mich Ottilie. Bis

dahin kann ich leicht dem netten Paar Gesellschaft leisten, danach in meinem Haus Ordnung schaffen und sogar noch einen kleinen Spaziergang machen.

Ich schenke auch mir Sekt ein und frage, ob sie heute etwas feiern.

Frau Ilse nickt.

„Heute vor einem Jahr haben wir uns kennengelernt."

„Vor einem Jahr erst?", frage ich überrascht.

Ich dachte, das Paar sei mindestens seit fünfzig Jahren verheiratet.

„Hier in diesem Hotel sind wir uns begegnet."

Wieder dieser innig-strahlende Blick. Diese Beiden lieben sich offensichtlich sehr.

„Eine Freundin feierte ihren 85. Geburtstag und hatte allerhand Gäste eingeladen. Und einer davon war mein Helmut."

Die Frau schaut den Mann an und lächelt dabei glücklich.

Sie erzählen mir abwechselnd, indem einer die Worte des anderen ergänzt, dass beide seit vier Jahren verwitwet sind und sich einsam fühlten. Auf dem Fest dieser Freundin verstanden sie sich sofort und haben sich den ganzen Abend über unterhalten. Nur zwei Wochen später zog Ilse zu Helmut ins Haus und besorgt seitdem den gemeinsamen Haushalt.

„Sie kümmert sich um mich. Am schönsten ist

es morgens, wenn ich wach werde und sie neben mir im Bett liegt. Dann wird sie auch wach und schaut mich mit so lieben Augen an, dass der Tag einfach nur schön werden kann."

Ilse tätschelt seine Hand.

„Er ist so ruhig. Ich kann ihm alles erzählen. Wir können über alles reden. Wir reden den ganzen Tag."

Es freut mich sehr, dass dieses alte Paar solch ein spätes Glück gefunden hat und proste den beiden zu.

„Wissen Sie, eigentlich haben wir uns vor mehr als achtzig Jahren kennengelernt."

Ich überlege, ob sie vielleicht zum gleichen Freundeskreis gehören, aber erst vor einem Jahr die Liebe zueinander entdeckten. Erwartungsvoll schaue ich sie an und rechne mit einer spannenden Geschichte.

„Nachdem ich bei Helmut eingezogen bin, habe ich seine Fotoalben angeschaut. Stellen Sie sich vor: Auf den Urlaubsbildern seiner Kindheit bin ich fast in jedem Jahr dabei."

„Wie ist das möglich? Waren Ihre Eltern miteinander befreundet?"

„Das nicht", erklärt Ilse lachend. „Helmuts Eltern verbrachten ihre Ferien in dem Dorf, in dem ich wohnte und wir spielten miteinander."

„So ist es", ergänzt Helmut. „Ich mochte das Mädchen mit den langen blonden Zöpfen so gern und freute mich immer, sie in den Sommerferien wiederzusehen."

„Doch erst durch dieses Fotoalbum ist uns das alles wieder eingefallen. Wissen Sie, die Zeit nach dem Krieg war nicht einfach für uns."

Die Frau erzählt, dass Helmut in der britischen Besatzungszone lebte, sie aber mit ihrer Familie in der russischen. Ihr Vater hatte rund um die Uhr mit der Essenbeschaffung zu tun, durfte aber nicht die Demarkationslinie überschreiten. Außerdem musste er sich der Entnazifizierung stellen. Besitztümer wurden eingezogen, das gesamte Hab und Gut gegen Lebensmittel eingetauscht. Ihre Mutter erlitt mehrere Vergewaltigungen durch die Soldaten. Aus einer entstand ein sogenannter *Russenbalg*, was die Familie zerstörte. Der Vater konnte sich ebenso wenig mit dem fremden Kind abfinden wie die Mutter, die noch dazu von den Nachbarn beschimpft wurde. Am meisten litt wohl der Bruder, der die ganze Ablehnung nicht verstand und kurz vor seiner Einschulung in ein Heim gegeben wurde. „Ich wüsste gern, was aus ihm geworden ist und träume manchmal von ihm."

Helmut tätschelt Ilse die Hand und sagt leise: „Ach, meine Liebste, daran wollen wir jetzt nicht denken, nicht wahr?"

Die Geschichte begann so rührend schön mit den Ferienerlebnissen, als die beiden Alten noch Kinder waren, und endete mit grauenhaften Gedanken an den Krieg. Ich kann mir vorstellen, dass solch entsetzliche Erlebnisse niemals vergessen werden, auch nach siebzig Jahren nicht.

Recht nachdenklich verabschiede ich mich und wünsche ihnen noch eine schöne Zeit in ihrem Leben und in unserem Haus.

„Liebe in der Jugend ist anders. Doch das jetzt ist auch Liebe. Wir sorgen füreinander. Wir helfen uns beim Anziehen, beim Gehen."

Sie nicken sich zu und sehen zufrieden aus.

Genauso wünsche ich mir mein Leben im Alter auch. Ich möchte für jemanden sorgen, ihm helfen und jemanden um mich haben, der mir zuhört und mich versteht.

Älteren Menschen wird in der Türkei sehr viel Respekt entgegengebracht. In Wien eher nicht. Dort geht man recht ruppig miteinander um und bildet sich auf den grantigen Wiener Schmäh direkt etwas ein. Diesen feinen Grad zwischen Humor und Beleidigung verstehen Fremde oft nicht. Touristen erwarten den berühmten Wiener Charme, worunter sie etwas ganz anderes verstehen und fassungslos dreinschauen, wenn sie auf eine freundliche Frage mit: „Hamma net … wollma net!" angeblafft werden.

Auch das inzwischen recht seltene *Küss die*

Hand ist in Wien ganz anders als in der Türkei. In Wien will damit ein Mann seine Verehrung für eine Frau zum Ausdruck bringen. In der Türkei küsst man aus Respekt den Eltern und älteren Verwandten die Hand und legt sie anschließend kurz an die eigene Stirn. Wir haben dies in Wien nur bei Feierlichkeiten zelebriert und bei Besuchen in der Türkei.

Mir fehlt der Kontakt zu meiner Familie. Mir fehlen sogar die türkischen Traditionen, die ich bisher nie mochte. Ich fand sie altmodisch und rückständig. Heute weiß ich, dass Tradition gelebte Kultur ist. Die Kultur prägt den Menschen, die in einer Gemeinschaft aufwachsen. Mich hat die Kultur meiner Familie geprägt, doch nun habe ich seit zwei Jahren keinen Kontakt mehr zu meiner Familie. Sie haben mich verstoßen, weil ich keinen Türken heiraten wollte. Nun führe ich eine moderne Ehe mit einem Mann, der keine Kinder will, weil er bereits zwei Kinder mit anderen Frauen hat. Daran habe ich mich gewöhnt, doch abfinden kann ich mich damit nicht. Allein die Arbeit im Hotel hilft mir und die Gespräche mit unseren Gästen.

Seltsame Familienbande

Ein Mann verlangt ein Bier, ein warmes Bier. Das habe ich während meiner gesamten Jahre nur ein einziges Mal erlebt, doch nicht hier im Haus, sondern in Wien.

Wir schenken kühles heimisches Fassbier aus oder Pils in Flaschen. Doch die meisten Gäste wählen Wein zum Abendessen.

Ich weiß, dass warmes Bier gegen Erkältungen hilft. Nur darf man es nicht zu stark erhitzen, damit der Alkohol nicht verfliegt, der die Bakterien bekämpft. Weil das Bier durch Erwärmen bitter schmeckt, kann man es mit Honig süßen. Auch warmer Wein hilft gegen Erkältung. Hat der Mann sich verkühlt?

Ich bringe dem Gast ein ungekühltes Bier, das Raumtemperatur hat. Doch es ist ihm zu kalt.

„Haben Sie keinen Bierwärmer?"

Das weiß ich leider nicht. Während meiner Ausbildung habe ich zwar Bierwärmer kennengelernt, doch in der Praxis wurde ich noch nie danach gefragt.

Ich bitte den Mann um etwas Geduld und frage in der Küche nach. Wir besitzen tatsächlich einen Bierwärmer. Das ist ein Rohr aus Metall, das ich mit heißem Wasser fülle und direkt in sein Getränk stelle. Der Gast nimmt es heraus, sobald ihm die Temperatur angenehm ist.

Ich bleibe im Hintergrund, falls der Mann noch etwas braucht oder mit dem Bierwärmer nicht zufrieden ist. Er thront wie ein Familienoberhaupt an der Stirnseite eines langen Tisches, an jeder Seite eine Frau. Neben der einen Frau sitzt ein jüngerer Mann, neben der anderen eine weitere Frau. Außerdem befinden sich am Tisch sieben Kinder zwischen fünf und etwa fünfzehn Jahren. Ich überlege, welche der Erwachsenen ein Paar oder miteinander verwandt sind. Sie bewohnen drei unserer großzügigen Familienzimmer, die neben dem Wohn-Schlafraum ein separates Kinderzimmer haben. Ich kann weder die Kinder den Erwachsenen noch die Paare einander zuordnen, weil alle ständig zwischen den Suiten hin und her laufen. Es geht mich zwar nichts an, doch es ist immer gut zu wissen, welche Gäste zusammen gehören.

*****

Zwei Tage später setzt sich eine der Frauen zu mir auf die Bank, als ich einem der Kinder eine Geschichte vorlese. Als das kleine Mädchen zur Schaukel läuft, erklärt die Frau stolz: „Das ist meine Tochter."

Ich mache eine Bemerkung über das hübsche und aufgeweckte Kind.

„Ich habe noch zwei, doch die sind älter und gehören meiner Frau."

Ihrer Frau?

Sie lacht, als sie meine verblüffte Miene sieht und erklärt: „Ich bin lesbisch und seit Frühjahr letzten Jahres mit Marie verheiratet."

Seit Januar 2019 ist in Österreich die gleichgeschlechtliche Ehe gesetzlich erlaubt, doch in meiner türkischen Familie hätte ich darüber mit niemandem reden können. Die Angehörigen fürchten um ihren Ruf, weil das Schwulsein als Krankheit gesehen wird und die ganze Familie befallen könnte. Das glaube ich zwar nicht, doch gut finde ich es auch nicht. Schon gar nicht, dass ein schwules Paar ein Kind adoptieren darf. Mit meinen Freundinnen habe ich manchmal darüber diskutiert. Wir berühren und küssen uns, ebenso meine Schwestern und Cousinen, doch das hat nichts mit körperlicher Liebe zu tun. Ich mag es mir auch gar nicht vorstellen.

Die Frau erzählt weiter: „Die Kleine stammt aus meiner ersten Ehe, die Großen hat Marie mit Detlef ..."

Ich schaue sie fragend an.

„Detlef ist der Mann mit dem Warmbier."

Wie lachen beide.

„Also Marie hat mit Detlef zwei Kinder."

Sie wartet einen Moment, bis ich verstanden habe.

„Detlef hat nicht nur mit Marie zwei Kinder, sondern auch mit Marlies, das ist die dritte Frau am Tisch. Und die hat wiederum zwei Kinder mit Patrik, also dem anderen Mann."

„Langsam, langsam!", bitte ich und versuche, in Gedanken zu sortieren: Detlef hat also mit zwei Frauen jeweils zwei Kinder. Eine der Frauen heißt Marlies und hat mit Patrik zwei weitere Kinder. Die zweite Frau heißt Marie und lebt in einer lesbischen Beziehung mit einer Frau, die ein Kind von einem anderen Mann hat. Detlefs Kinder leben jeweils bei ihren Müttern. Du liebe Güte! Dieses Durcheinander versteht kein Mensch. Noch weniger verstehe ich, dass alle ihren Urlaub zusammen verbringen und friedlich plaudernd an einem Tisch sitzen.

„Das beste daran ist, dass wir nicht nur unsere Ferien zusammen verbringen, sondern alle zusammen in einem Haus wohnen."

„Und das funktioniert?", frage ich entsetzt.

Für mich wäre es unvorstellbar, mit den beiden Frauen, mit denen Henry jeweils ein Kind hat, in einem Haus zu wohnen. Ich habe schon Probleme, Veronika zu akzeptieren, zumal sie solch einen schwierigen Charakter hat. Falko wäre mir erheblich angenehmer. Er ist immer freundlich zu mir. Zu allen anderen auch, doch manchmal kommt es mir so vor, als wäre er zu mir ganz besonders aufmerksam.

Kinder können nichts für das Durcheinander, das ihre Eltern verursachen, wenn sie sich trennen und in einen anderen Partner verlieben. Ich weiß nicht, ob es besser ist, sich nie wieder zu sehen oder den Kontakt nach der Scheidung zu pflegen. Ich wäre vermutlich verletzt, enttäuscht und unendlich wütend, so dass meine Liebe in Hass umschlägt, nicht in Freundschaft.

„Patrik lebte am Stadtrand auf einem großen Bauernhof, den er nach dem Tod seiner Eltern eigentlich verkaufen wollte. Doch dann hatte er eine Idee. Wissen Sie, er ist Architekt."

„Er hat den Hof umbauen lassen?", frage ich ungläubig.

Die Frau nickt und erzählt begeistert weiter.

„Er entwarf drei unterschiedliche Wohnungen. In der größten lebt er selbst mit seiner Frau, den zwei gemeinsamen Kindern und den beiden größeren Kindern aus ihrer Ehe mit Detlef. Ich habe mit Marie, ihren zwei Großen und meiner Kleinen vier Schlafzimmer. Für Detlef gibt es ein großzügiges Appartement."

In Gedanken rechne ich mit und versuche, mir dieses seltsame Familienleben vorzustellen.

„In der ehemaligen Scheune ist die Küche und der Gemeinschaftsraum untergebracht, wo wir uns jeden Tag zum Essen und Spielen treffen."

„Jeden Tag?"

Sofort denke ich an meine große Familie in Wien, wo wir jeden Tag beisammen waren und viel Spaß hatten. Ein Leben in einer Großfamilie habe ich mir immer gewünscht, doch mit meinen Verwandten und nicht mit den Frauen und Kindern meines früheren Partners.

„Für gemeinsame Ausflüge nutzen wir einen Bus, ansonsten hat jeder sein eigenes Auto. Bis auf Marie, die den Haushalt führt, gehen wir alle arbeiten."

„Gibt es keinen Streit? Ich meine, sind Sie nicht eifersüchtig?"

„Ganz und gar nicht! Detlef hatte nie zwei Frauen gleichzeitig. Er lernte die zweite erst kennen, nachdem er von der ersten geschieden war. Es ist doch ganz normal, dass seine früheren Frauen nun andere Partner haben."

So gesehen hat die Frau Recht. Und doch kann ich mir keine Freundschaft mit einer Frau vorstellen, die Henry nach einer Trennung von mir heiratet. Und noch weniger würde ich mit ihr und ihm und ihren Kindern zusammen wohnen wollen. Schon allein die Vorstellung macht mich ganz krank.

„Für die Kinder ist es ideal, denn außer meiner Kleinen haben die anderen Kinder beide Eltern immer um sich. Wir verstehen uns besser als so manche Geschwister und verbringen unsere Freizeit gern miteinander wie diesen Urlaub hier im Hotel."

Ich bewundere dieses Lebenskonzept, obwohl es mir gleichzeitig völlig unmöglich erscheint.

*****

Am Abend erzähle ich Henry davon.

„Sodom und Gomorra! Und das in meinem Hotel!"

„Aber nein!", beruhige ich ihn. „Es gibt kein Durcheinander in den Beziehungen. Die Paare haben zwar gemeinsame Kinder, doch getrennte Verhältnisse. Genauso wie bei dir."

Sofort beiße ich mir auf die Zunge, denn so ganz stimmt es nicht. Henrys Tochter Veronika entstand, als er noch mit der ersten Frau verheiratet war. Hat sie nicht gemerkt, dass er sie direkt vor ihren Augen betrog? Mit einer Kollegin! So etwas merkt man doch!

Ich würde es auf jeden Fall spüren, wenn sich mein Mann für eine andere Frau interessiert oder gar Ehebruch begeht. Jede Frau spürt das, doch nicht jede Frau sagt etwas dazu. Ich würde nicht schweigen, sondern meinem Mann die Hölle heiß machen.

Henrys Frau hat damals nichts unternommen, sich nicht scheiden lassen, als sie von seiner Affäre erfuhr. Ich weiß das von Ottilie, denn Henry spricht nicht mit mir darüber. Es sei vergangen und vergessen. Doch da Veronika hier im Haus lebt, ist es Gegenwart und keinesfalls vergessen. Ottilie bezeichnet Veronikas Mutter als Flittchen und Falkos Mutter als einfältiges Puttchen. Mir tut Falkos Mutter leid, weil sie damals noch so jung und unerfahren war. Sie rutschte vom Elternhaus direkt in Ottilies Machtbereich und hat vermutlich nie gelernt, sich zu behaupten. Veronikas Mutter dagegen ließ sich ganz bewusst mit einem verheiratetem Mann ein, der noch dazu ihr Chef war. Hat sie gehofft, die Ehefrau zu vertreiben und an ihre Stelle zu rücken?
Ich möchte zu gern wissen, ob Henry an mögliche Folgen dachte: an ein Kind, Ärger oder eine Scheidung. Doch er beantwortet meine Fragen nicht. Die Frauen kann ich ihm verzeihen, doch nicht, dass er mir seine Kinder vor unserer Hochzeit verschwieg.
Doch nun ist es wie es ist und ich sage versöhnlich: „Vielleicht muss man heute offener mit Beziehungen umgehen."

„Wer für alles offen ist, kann nicht ganz dicht sein!", faucht Henry.

Nun muss ich lachen, weil ich den Spruch so lustig finde. Außerdem bin ich wohl eher traditionell als offen Neuem gegenüber. denn was Beziehungen betrifft, bin ich gewiss nicht für alles offen, eher recht traditionell.

Muslime sollen den Sex in der Ehe genießen, Sex vor der Ehe, Seitensprünge und Homosexualität sind verboten. Auch wenn ich nicht sehr streng erzogen wurde, haben mich diese Regeln geprägt.

Natürlich habe ich vermutet, dass Henry in seinem Alter bereits eine Freundin hatte. Doch ich wollte nicht indiskret sein und nachfragen. Ich glaubte, er würde es mir sagen, wenn es eine ernsthafte Beziehung gewesen wäre. Und ich stellte mir vor, dass ihm seine Arbeit keine Zeit für die Suche nach einer geeigneten Partnerin ließ.

Das war falsch. Meine Oma sagte oft: „Glauben ist Dreck! Wissen muss man´s!" Heute bin ich klüger, doch heute ist es zu spät.

Ich wollte nie einen *gebrauchten* Mann, sondern einen, der das Eheversprechen *Bis der Tod euch scheidet* sehr ernst nimmt. Deshalb möchte ich für immer mit dem Mann zusammenbleiben, den ich geheiratet habe.

Henrys Frauen kenne ich nicht, schon gar nicht persönlich. Von Falkos Mutter hat mir Ottilie das Hochzeitsfoto gezeigt. Sie trägt darauf ein grünes Dirndl und Henry ein kariertes Hemd zur Lederhose. Beide sind unglaublich jung und wirken darauf, als ob sie zu einem Dorffest gehen. Irgendwie beruhigt es mich, dass sie nicht in Weiß geheiratet und ebenso wie ich keine große Hochzeitsfeier hatten.

In Ottilies Stube stehen unzählige Fotos von Falko: Falko als Baby, als Schulkind, im Urlaub, beim Schifahren und Klettern. Von Veronika gibt es nur ein einziges Bild von ihrer Kommunion, worauf sie ein weißes Kleid, einen Blumenkranz im hochgesteckten Haar und eine große Kerze in den Händen trägt. Von ihrer Mutter gibt es kein einziges Foto.

„Dieses Flittchen mag ich nicht sehen", sagt Ottilie oft.

„Mutter ist kein Flittchen, sie ist einem Heiratsschwindler aufgesessen."

Veronika behauptet, Henry hätte ihrer Mutter die Ehe versprochen, sie aber jahrelang nur hingehalten.

„Als er endlich geschieden war, hoffte sie, er würde sie nun heiraten, doch er heiratete eine Andere, eine Ungläubige, eine Türkin. Das hat ihr das Herz gebrochen!" Sie sieht mich mit zusammengekniffenen Augen an und droht: „Das wirst du mir büßen!"

Die Drohung passt zu Veronika, doch Worte wie ein *gebrochenes Herz* nicht.

„Ich kann nichts dafür, dass sich dein Vater in mich verliebte. Außerdem wusste ich gar nicht, dass er bereits eine Familie hat."

Veronika lacht gehässig.

„Das glaubt dir kein Mensch, denn mein Erzeuger war schon weit über vierzig. In dem Alter hat jeder eine Familie."

Henry sieht jung und sportlich aus und wirkte auf mich keinesfalls wie ein Familienvater. Ich hätte ihn gefragt, wenn ich auch nur die leiseste Vermutung gehabt hätte.

„Mir ist egal, womit du ihn rumgekriegt hast. Bilde dir bloß nichts darauf ein! Ich werde dich nicht in Ruhe lassen bis du dich von selbst vom Acker machst."

Sie droht mir schon wieder, obwohl ich ihr nie etwas getan habe.

„Warum lebst du in unserem Haus, wenn du weder mich noch deinen Vater magst?"

„Nicht einmal *das* schnallst du?! Mein sauberer Erzeuger ist mir scheißegal! Mir geht es allein ums Hotel, das einmal mir gehören wird."

Verwundert schaue ich sie an, denn bis jetzt hat sie am Hotel keinerlei Interesse gezeigt.

„Guck nicht so blöd!", faucht sie. „Das Haus, in dem du dich breit gemacht hast, ist ebenso mein Erbe wie das Hotel."

Veronika spekuliert heute schon auf das Erbe, obwohl ihr Vater jung und gesund ist und es neben ihr noch ihren älteren Bruder gibt. Das sage ich ihr.

„Ach, mit dem werde ich so leicht fertig wie mit dir. Falko ist nur ein dummer Koch."

Und du hast gar nichts gelernt, denke ich. Falko dagegen hat eine dreijährige Ausbildung als Koch, dessen Abschluss in jedem Land aner-kannt wird. Er bringt alle Fähigkeiten mit, die man im einem Hotel braucht: Belastbarkeit, sorgfältiges Arbeiten, Kreativität, Organisations-talent, schnelle Auffassungsgabe und eine bes-sere Ausdrucksweise als Veronika.

Ich verstehe nicht, woher sie ihre Überheblich-keit nimmt, worauf sie sich etwas einbildet. Sie hat nach der Schule eine Ausbildung in einem Verwaltungsberuf begonnen, doch kaum drei Monate durchgehalten. Seit zwei Jahren lebt sie hier im Hotel ohne jeden Ehrgeiz, etwas zu lernen oder irgendwo mitzuhelfen. Sie bedient sich an der Kasse, in der Küche und erwartet frisch gewaschene Wäsche.

Anfangs warf sie ihre Schmutzwäsche auf die Fliesen vor mein Bad. Anfangs habe ich ihre Wäsche gewaschen und sogar gebügelt. Doch sie bedankte sich nie, sondern schimpfte, wenn ihr Lieblingsshirt nicht rechtzeitig fertig war. Deshalb hörte ich recht bald damit auf, irgend etwas Privates für sie zu tun.

Henry ist das gleichgültig. Ihn kümmert der *Weiberzank* nicht. Doch mich stört es, dass es Henry nicht stört, wie faul und frech fordernd Veronika durchs Haus läuft. Wie sie Dinge, die sie benutzt hat, einfach stehen lässt, ohne sie zu säubern und wegzuräumen.

„Zum Putzen, Waschen und Kochen gibt es Personal. Ich bin die Haustochter und will mein Leben genießen."

So sieht sie das. Ich erkläre ihr, dass der Begriff Haustochter für ein Mädchen steht, das für eine bestimmte Zeit in einer fremden Familie lebt, um die Haushaltsführung zu erlernen. Sie erhält dafür Kost, Logis und Taschengeld.

„Na und? Genauso ist es bei mir."

So ist es eben nicht! Sie lernt keine Haushaltsführung und bedient sich rundum selbst.

Dass Veronika Anspruch auf das Hotel erhebt, habe ich nicht erwartet. Sie lebt in den Tag hinein und feiert durch die Nacht, doch für die Arbeit im Hotel interessiert sie sich nicht.

„Du bist so doof und hast ihn geheiratet. Nun bist du gesetzlich zur Mitarbeit verpflichtet und hast weder einen Vertrag noch ein geregeltes Einkommen", spottet sie.

Diesbezüglich hat sie allerdings Recht. Henry hat mir erklärt, dass es nicht nur steuerrechtlich besser für ihn und vor allem für mich ist, wenn ich kein Dienstverhältnis eingehe.

Doch Veronika lacht mich aus.

„Dich kann er jederzeit in die Wüste schicken, wo du hingehörst! Mich nicht."

Sie spricht von Trennung. Mit dem Thema Scheidung habe ich mich noch nie befasst. Das muss ich auch nicht. Unsere Ehe ist gut. Henry ist ein aufmerksamer Mann, freundlich und liebevoll. Ich bin die Schwierige, weil ich mir zu viele Gedanken um seine Kinder mache und auch darüber, warum er sich von seiner Frau trennte. Er möchte darüber nicht reden, weil es mich seiner Meinung nach nichts angeht. Es betrifft allein seine Vergangenheit und die sei nun einmal vorüber und vorbei. Deshalb sollte ich ihn nicht nerven und endlich aufhören zu grübeln.

Erste Hilfe

Heute kürze ich meinen Weg ab und laufe quer über die frisch gemähte Wiese. Kurz vor der Baumallee rauscht es über meinem Kopf. Im gleichen Moment fliegt ein Rabenvogel so dicht über mich hinweg, dass ich seine Flügel in meinem Haar spüre. Er landet direkt vor mir auf einem Zweig und schaut mich mit seinen Vogelaugen an. Mir ist dieser stechende Blick unangenehm, weil er so bedrohlich wirkt, als ob das Tier mich warnen will. Doch wovor? Über diese unsinnigen Gedanken schüttle ich amüsiert den Kopf. Keine zwei Schritte später sehe ich aus den Augenwinkeln, dass der Rabe abfliegt und zwar direkt auf mich zu. Er peilt meinen Kopf an! Mit seinen Krallen zerreißt er meine hochgesteckte Frisur und rupft mit seinem Schnabel einige Haare aus.

„Hilfe!", schreie ich. „Weg da!"

Ich klatsche in die Hände und der Vogel fliegt zur Seite. Doch er steigt nur etwa einen Meter nach oben und stürzt sich erneut auf meinen Kopf. Voller Angst beuge ich mich nach vorn und halte meine Tasche schützend über den Kopf. Nun erwischt er die Finger meiner linken Hand. Ich bekomme Panik, schreie und schlage wild mit der Tasche um mich, doch der Vogel lässt nicht ab von mir.

Ein Jogger kommt mir zu Hilfe. Er hat einen Ast vom Baum gebrochen und schlägt damit nach dem wilden Tier. Auch davon lässt sich der Vogel nicht abhalten, meinen Kopf weiter zu attackieren.

Da ergreift der Mann meine Hand und zieht mich mit sich fort. Ich kann ihm kaum folgen und habe das Gefühl, keine Luft zu bekommen. Mein Herz rast und mir ist schwindlig. In meiner Panik habe ich völlig die Orientierung verloren und taumle wie betäubt hinter dem Mann her.

Erst, als ich den Asphalt unter meinen Füßen spüre, wage ich aufzuschauen und frage: „Ist er weg?"

„Ja, der Vogel ist weg. Sind Sie verletzt?"

„Verletzt?"

Ich ahne Schlimmes, betaste unsicher meinen Kopf und betrachte erschrocken meine blutigen Finger. Erst jetzt merke ich, dass meine Kopfhaut heftig brennt.

„Kommen Sie! Ich habe Jod daheim."

„Jod? Warum?"

Will der Mann mir Jod geben, um mich zu beruhigen, weil das Nervensystem Jod braucht?

„Damit desinfiziere ich Ihre Wunde, denn Jod tötet die Keime von Bakterien ab, was Entzündungen verhindert."

Jetzt begreife ich. Doch ich möchte nicht mit zu diesem Fremden nach Hause gehen. So etwas gehört sich nicht. Außerdem kenne ich den Mann gar nicht.

Energisch sage ich: „Sprühflaschen zur Wunddesinfektion habe ich selbst in meinem Sanischrank."

Dabei drehe ich mich um und will eilig weglaufen.

„Warten Sie! Ich habe noch Ihre Tasche."

Ich greife nach meiner Tasche, doch der Mann hält sie fest.

„Was soll das?", fahre ich ihn an.

Ich will nach Hause und zwar so schnell wie möglich. Mein Kopf tut weh und meine Knie zittern.

„So lasse ich Sie nicht gehen! Ich nehme Sie mit zu mir und schaue mir Ihre Verletzungen an."

Ich bin kein Gegenstand, den man einfach so mitnehmen kann! Der Mann ist unverschämt und macht mich wütend. Mir fällt nichts ein, was ich erwidern könnte, zumal mir plötzlich Tränen übers Gesicht laufen und ich befürchte, dass meine Beine jeden Moment einknicken.

„Kommen Sie! Sie haben einen Schock."

Mehr höre ich nicht, denn mir wird mit einem Mal wohlig zumute.

Ich spüre etwas Nasses in meinem Gesicht.

„Lass das, Patty!", befiehlt eine ruhige Männerstimme, die mir bekannt vorkommt.

Wann und wo habe ich diese Stimme und den Namen schon einmal gehört?

„Papi! Das ist die Frau, von der ich dir erzählt habe."

Ich träume. Doch was sagt mir dieser Traum? Und worum geht es?

„Na, geht es wieder?", höre ich die angenehme tiefe Stimme.

Gleichzeitig spüre ich unter meinem Kopf eine feste Hand. Ich öffne meine Augen und schaue in graublaue Augen unter dichten schwarzen Brauen. Das ist kein Traum! Diese Augen sind echt und zudem wunderschön.

Verstört will ich zurückweichen, doch die Hand an meinem Hinterkopf lässt dies nicht zu. Sie drückt mich sanft nach oben, so dass ich sitze. Doch ich sitze unbequem, weil unter meinen Füßen meine Tasche liegt und gegen die Waden drückt. Ich zerre sie mühsam hervor, was mir seltsamerweise schwer fällt.

„Ich habe Ihre Tasche als Unterlage für Ihre Beine benutzt, damit sie höher liegen."

Das verstehe ich nicht. Ich verstehe auch nicht, weshalb ich auf der Wiese sitze und mich schlapp fühle, als hätte ich eine schwere Arbeit verrichtet.

„Sie hatten eine Synkope."

„Synkope?"

Das klingt gefährlich. Doch die Stimme klingt beruhigend und sanft.

„Das ist eine kurze Ohnmacht."

„Ich war bewusstlos?", frage ich erschrocken.

„Nur ein paar Sekunden."

Der Mann lächelt mich an und ich lächle zurück. Ganz automatisch. Dabei schaue ich wieder in diese schönen blauen Augen, die genauso wie der Mund zu lächeln scheinen. Um den Mund bemerke ich erst jetzt einen gepflegten Dreitagebart. Im gleichen Moment patschen mir kleine Hände sanft ins Gesicht. Ich erkenne das Mädchen, dem ich vor kurzem mit seinem Hund begegnete. Lena und Patty.

„Bist du wieder gesund, Hanni?"

„Die Frau ..."

„Hanife Leitner", stelle ich mich vor.

„Frau Leitner ist nicht krank, nur leicht verletzt."

„Bekommt sie jetzt ein Pflaster von dir, Papi?"

„Ja. Deshalb gehen wir jetzt nach Hause und suchen ein schönes Pflaster aus."

„*Ich* such es aus! Ein rotes!", ruft Lena begeistert.

„So machen wir´s!", sage ich erleichtert und lache.

Mein Retter ist also Lenas Vater und vermutlich ein Arzt, denn Lena sagte, ihr Papa sei Doktor. Also darf ich den fremden Mann getrost zu seiner Praxis begleiten. So langsam erinnere ich mich daran, was passiert ist: Ein Vogel hat mich angegriffen und verletzt.

Nach den ersten Schritten ist mir allerdings wieder leicht schwindlig und ich taumle gegen den Mann. Er ergreift sofort meinen Arm und stützt meinen Körper oberhalb der Hüfte. Seltsamerweise ist mir das nicht unangenehm.

„Alexander Gruber. Für Sie bin ich der Alex wie für alle meine Freunde."

„Der Papa ist ein Beschützer. Er heißt auch so, denn die Oma hat gesagt, Alex bedeutet Beschützer."

Ich lächle und ergänze: „Und mein Retter ist er auch."

„Und Patty hat dich wach gemacht", erklärt Lena stolz. „Hast du gemerkt, wie er über dein Gesicht geleckt hat?"

Das war also das Nasse in meinem Gesicht! Mich ekelt der Gedanke an die Hundezunge und ich suche sofort nach meinem Taschentuch, um über mein Gesicht zu wischen.

In wenigen Minuten sind wir am Haus. Wie beim letzten Mal kommt die junge blonde Frau herausgelaufen. Sie schaut kurz zwischen mir und Alex hin und her. Meinen Gruß erwidert sie nicht, sondern wendet sich sofort Lena zu und schimpft: „Wo warst du Fratz schon wieder?"

„Wir haben die Hanni gerettet!", berichtet Lena stolz und zeigt auf mich. „Ich, der Papa und Patty. Und jetzt machen wir sie gesund."

Die Frau stemmt die Hände in die Hüften und schaut Lena streng an. Doch die geht einfach an ihr vorbei und sagt sehr bestimmt: „Du kannst nicht helfen, das machen wir allein."

Alex lacht und bittet mich ins Haus. Mir ist das unangenehm, da es seiner Frau offensichtlich nicht recht ist. Doch Lena packt meine Hand und zieht mich hinein.

Es ist keine Praxis, sondern ein ganz normales Wohnhaus. Gleich neben dem Eingang befindet sich eine Art geräumiges Duschbad, das wegen seiner Möbel aus Metall nicht sehr einladend auf mich wirkt und seltsam riecht. Lena macht sich an einem großer Schrank mit Glastüren zu schaffen. Alex zeigt auf einen Stuhl. Doch ich will mich nicht setzen, denn ich habe ein Waschbecken und darüber einen Spiegel entdeckt. Die linke Wange ist blutverschmiert, ebenso meine linke Hand. Ich wasche sie gründlich mit Seife, dabei brennen die Finger, in die der Vogel hinein gehackt hat. Endlich kann ich auch mein Gesicht von Blut, Schmutz und Hundespeichel reinigen.

Lena öffnet ein Schubfach, in dem sich unzählige Packungen Pflaster und Mullbinden befinden. Zielsicher greift sie eine Schachtel heraus und schüttet den Inhalt auf den Boden: große und kleine bunte Pflaster.

„Willst du ein ganz rotes? Oder lieber eins mit einem Hund drauf? Ich hab auch ein Einhorn."

Erwartungsvoll schaut sie mich an. Ich wähle einen Hund und schaue mich nach Patty um. Er liegt ruhig auf den kühlen Fliesen, den Kopf auf seinen Pfoten und die Augen auf Lena gerichtet. Inzwischen hat Alex ein Tuch aus einer Tüte gezogen und tupft damit vorsichtig auf meinem Kopf herum. Anschließend desinfiziert er meine Finger. Dann darf Lena die Pflaster aufkleben, was sie mit einer sehr ernsten Miene tut.

„Sieht es schlimm aus?", frage ich besorgt und zeige auf meinen Kopf.

„Nein, es ist kaum etwas zu sehen. Doch ich will sicher gehen, dass sich nichts entzündet."

„Vielen Dank", murmle ich verlegen.

Ich weiß nicht, was mit mir los ist, denn mich irritiert dieser Blick aus den unglaublich blauen Augen. Vielleicht ist mir auch nur peinlich, dass ich zuerst so abweisend reagierte, als Alex mich *mitnehmen* wollte. Dabei ist er ein Arzt. Wobei seine Praxis ganz sicher nicht in diesem Haus ist. Es gab nur diesen etwas zu großen Duschraum mit dem Medikamentenschrank.

„Sie können sich in Ruhe frisch machen und ich gieße uns inzwischen einen Obstler ein. Der hilft ganz wunderbar gegen diesen Schreck."

Lena reicht mir ein Handtuch, doch gleichzeitig packt sie meinen Rock und zieht mich in den Raum nebenan. Dort steht bereits Alex und hält mir ein Schnapsglas entgegen.

Ich rieche kurz daran und erkenne sofort die

Marille, die ich besonders gern mag.

„Nachdem ich dich verarztet habe, darf ich dich duzen. Ist das in Ordnung?"

Ich nicke, proste ihm zu und sage: „Hanni. Mein richtiger Vorname ist Hanife, doch alle nennen mich Hanni."

„Darf ich das auch?"

Alex kommt näher, nippt an seinem Glas und küsst mich anschließend auf die Wange. Ich weiß, dass das so üblich ist, doch mir wird auf einmal siedend heiß und ich spüre, wie mir das Blut in die Wangen schießt.

Außerdem kommt genau in diesem Moment seine Frau ins Zimmer und wirft mir einen bitterbösen Blick zu. Glaubt sie etwa, ich will etwas von ihrem Mann?

„Ich muss jetzt gehen. Vielen Dank für Ihre Hilfe."

„Deine. Wir sind per Du."

Wieder umarmt mich Alex, was mir im Beisein seiner Frau äußerst unangenehm ist. Dabei kenne ich das von Wien und auch von Henrys Freunden. Doch irgendwie scheint mir diese Umarmung und vor allem der Kuss ganz anders als sonst üblich.

„Wann kommst du wieder? Wir haben gar nicht zusammen gespielt!", beklagt sich Lena.

„Wir werden uns ganz bald draußen treffen, wenn du mit deinem Hund unterwegs bist", lenke ich ab. Und leise ergänze ich an Alex gewandt: „Deiner Frau ist mein Besuch gar nicht recht."

„Das ist keine Frau, das ist nur die Gesine", ruft Lena fröhlich aus.

Ich weiß nicht, warum es mich so freut, dass Alex nicht mit Gesine verheiratet ist. Sie wird ein Kindermädchen sein, das zu Lena zu streng und das ganz offensichtlich in den Hausherrn verliebt ist.

Natürlich geht mich das alles nichts an.

Viele Male die Acht

Heute haben wir ausnahmsweise Mittagsgäste: achtundachtzig Personen. Alois Moser, der im ganzen Ort nur Loisl genannt wird, feiert seinen 88. Geburtstag und hat achtundachtzig Freunde, Verwandte und stadtbekannte Persönlichkeiten eingeladen. Und nicht nur das! Er war heute an seinem Geburtstag zum 8.888-ten Mal auf dem Tressenstein. Jede seiner Touren trägt er in ein Wanderheftchen ein. Am liebsten bestieg er den Loser, seinen Hausberg, der über 1.800 Meter hoch ist.

Ich war noch nie dort oben, Henry und Veronika klettern sehr gern hinauf. Sie schwärmen vom Aufstieg und vor allem vom Panoramablick. Mir wäre das viel zu mühselig, weshalb mir der Anblick des Berges von hier unten völlig ausreicht.

Loisl war früher Lehrer und genoss entsprechend mehr Freizeit als andere Beamte. Das heißt, nach zehn Arbeitsjahren hatte er ein volles Jahr weniger gearbeitet als Angestellte oder Arbeiter. Diese freie Zeit nutzte er oft zum Bergsteigen.

Seit Loisl sein hohes Alter in den Knochen spürt, klettert er nicht mehr, sondern bevorzugt Wanderwege hinauf in die Berge.

Loisl feiert gern. Heute sind nicht nur seine Bergfreunde eingeladen, sondern auch der Bürgermeister, einige bekannte Handwerker des Ortes und unzählige Verwandte.

Auch Alex sitzt an einem der Tische, was mich direkt übermäßig freut. Ich hatte Henry die Geschichte mit dem Vogel nicht erzählt und auch nicht, dass ich mit Alex in dessen Haus Brüderschaft getrunken habe. Obwohl alles ganz und gar harmlos war, hoffe ich, dass Alex unsere Begegnung nicht erwähnt. Henry würde nur etwas Falsches hineininterpretieren. Oder bin ich es, die sich völlig falschen Gedanken hingibt? Das treibt mir sofort heiße Schamröte ins Gesicht.

Immer wieder schaue ich zu Alex hinüber und überlege, ob die Frau neben ihm seine Partnerin ist. Irgendwie passt sie nicht zu ihm, weil sie zwar viel miteinander sprechen, doch auf mich nicht wie ein Paar wirken. Vielleicht ist seine Frau nicht eingeladen oder sie muss arbeiten. Während das Kindermädchen Gesine bei der kleinen Lena bleibt. Ich bin nicht neugierig, doch mich interessiert es, wie seine Frau aussieht, ob sie nett ist und meine Freundin werden könnte. Ich habe hier noch keine Freunde finden können, obwohl ich bereits zwei Jahre hier lebe. Alle Freunde sind Henrys Freunde oder Geschäftspartner und meist viel älter als ich.

Am liebsten würde ich sofort jemanden fragen, ob er die Frau von Alex kennt. Doch im Moment muss ich bedienen und kann mich nicht mit den Gästen unterhalten. Ich hoffe, dass sich später eine Gelegenheit dazu ergibt.

An einem der Tische sitzt eine Gruppe Leute, die abwechselnd in ein Tablet sprechen und es anschließend einem jungen Mann geben, der offenbar der Spielleiter ist, denn er gibt dazu seinen Kommentar ab. Manchmal wird darüber gelacht, ein anderes Mal ernst genickt und ihm auf die Schulter geklopft. Mich befremdet diese moderne Form der Unterhaltung, vor allem mitten in Loisls Geburtstagsfeier.

Henry nutzt ein ähnliches Programm, denn er

befragt oft sein Handy und hört oder liest anschließend die Antwort. Meist geht es ums Wetter oder um den Namen eines Bergsteigers, diverse Statistiken oder eine Wegstrecke.

„Was machen die Leute da?", frage ich Henry und zeige auf die Gruppe.

„Der junge Mann in der Mitte ist Moritz. Er kann seit seinem elften Lebensjahr nichts mehr hören, weshalb er immer nur mit *einem* seiner Freunde sprechen kann."

Das verstehe ich nicht und frage nach.

„Weil er vom Mund ablesen muss. In einer Gruppe merkt er oft nicht, wer gerade spricht oder derjenige wendet sich zur Seite. Verstehst du? Er war somit von der Unterhaltung ausgeschlossen."

„Und jetzt spielen sie mit ihm?"

Das ist zwar nett, doch in Ordnung finde ich es trotzdem nicht, weil es den anderen Gästen gegenüber unhöflich ist.

„Spielen? Sie spielen nicht. Sie unterhalten sich. Die Freunde haben ihm vor einigen Tagen ein spezielles Programm für Gehörlose auf seinem Tablet installiert", erklärt Henry. „Darauf ist eine Software installiert, die Sprache aufzeichnet."

„Ah! Jetzt verstehe ich! Er kann mit Hilfe dieser Software lesen, was seine Freunde sagen und ihre Fragen beantworten. Das ist eine gute

Sache."

„Und Moritz ist absolut glücklich damit."

Auch mich freut diese Lösung und ich nehme mir vor, künftig nicht gleich jede Technik als störende Spielerei zu sehen.

Zum Nachtisch servieren wir Vanilleeis mit Kürbiskernöl auf einem Fruchtspiegel. Danach gehen einige Gäste hinaus in den Gastgarten, um zu rauchen oder an der frischen Luft zu plaudern. Sie nehmen nur ihre Weingläser mit, die wir regelmäßig auffüllen. Neben Alex ist leider kein Stuhl frei geworden, so dass ich keine Gelegenheit habe, mich einfach zu ihm zu setzen.

Außerdem sitzt er am hinteren Tisch. Es würde auffallen, wenn ich quer durch den Raum direkt auf ihn zu ginge.

Deshalb wähle ich gleich vorn den Platz neben einem Künstlerpaar. Die Beiden malen großformatige Bilder und fertigen Skulpturen, die sie im Hotel ausstellen und zum Verkauf anbieten dürfen. Sie haben die Wände im Spa-Bereich so naturnah bemalt, dass man den Eindruck hat, auf einer Waldlichtung zu liegen. Erst gestern erkundigte sich ein Herr nach dem Preis eines Gemäldes von einem typischen Ausseer Haus und ich gab ihm die Kontaktdaten des Paares.

„Hat der Gast bei euch angerufen?"

„Ja", antwortet die Malerin glücklich. „Er hat das Gemälde samt Rahmen gekauft. Ich habe ihm soeben die Verpackung in sein Zimmer gebracht."

Mich freut es immer, wenn unsere Dekoration so gut ankommt. Wir verabreden, dass sie uns gleich am nächsten Tag ein neues Bild mit einem ähnlichen Motiv bringt.

Danach geselle ich mich zu einer Frau, die im Nachbardorf wohnt. Sie stellt gemeinsam mit ihrer Schwester verschiedene Keramiken her. Die Schwester fertigt bunte Tonfiguren, sie selbst stellt Alltagsgeschirr her. Zuletzt brachte sie mir ein weißes Set mit einem Schifahrer drauf. Das wurde sofort verkauft, kaum, dass ich es ausgepackt hatte. Daran erinnern wir uns gegenseitig und lachen darüber. Seltsamerweise verkaufen sich kitschige Motive wie grüne Hirsche auf einer Tasse leichter als ein dezentes Blumenmuster.

„Seit Alex im Ort lebt, kümmert er sich um unseren Hund", erklärt sie.

Ist Patty gar nicht sein Hund? Mich wundert, dass ein Arzt für solch eine Betreuung Zeit hat.

„Und um meine zwei Pferde", ergänzt ein Mädchen.

Nach und nach erfahre ich, dass Alex Tierarzt ist und sich auf große Nutztiere spezialisiert hat: Kühe, Schafe, Schweine und Pferde. Die besucht er in ihren Ställen und auf den Weiden. Für Hunde und Katzen hat er meist nur am Abend auf Voranmeldung Zeit.

„Ihr sprecht über mich?", erkundigt sich eine sanfte Stimme.

Gleichzeitig legt sich eine Hand auf meine Schulter. Die Berührung durchfährt mich sofort wie ein Blitz und brennt auf der Haut. Mir ist im gleichen Moment klar, dass es nur die Hand von Alex sein kann. Er zieht sich einen Stuhl heran und setzt sich direkt neben mich.

„Du kommst also aus Wien?"

Ich nicke erfreut, weil er sich offenbar nach mir erkundigt hat.

„Ich habe neun Jahre in Wien gelebt, weil ich dort Veterinärmedizin studierte und später im Tiermedizinischen Zentrum arbeitete."

„Und ich wohnte mit meiner Familie ganz in der Nähe!", rufe ich aus.

Wir hätten uns also begegnen können! Doch was hätte das geändert? Hätte ich mich in ihn verliebt? Diese unsinnigen Gedanken treiben mir erneut die Schamröte ins Gesicht, aber sie gehen mir nicht mehr aus dem Kopf. Deshalb ziehe ich mich lieber zurück. Es ist nicht gut, so lange bei seinen Gästen zu sitzen. Leider hat keiner die Ehefrau von Alex erwähnt und ich habe mich nicht getraut zu fragen.

Als ich späte am Abend im Bett liege, denke ich an Alex und kann lange nicht einschlafen.

Ich träume, dass ich heimlich in der Nacht aus dem Haus schleiche und zu Alex unter die Bettdecke krieche. Er soll mich küssen, ganz innig wie ein echtes Liebespaar. Doch er will mich nicht berühren, weil ich bereits zwei Kinder habe und verheiratet bin. Er schickt mich fort. Das bringt mich zum Weinen und ich werde weinend wach.

Ich bin völlig verschwitzt und durcheinander, laufe ich ins Bad und wasche mein Gesicht mit kaltem Wasser. Doch meine Gedanken an Alex kann ich nicht wegspülen.

Noch niemals in meinem ganzen Leben habe ich mir gewünscht, mit einem Mann das Bett zu teilen, mit dem ich gar nicht vermählt wurde. Das ist Sünde. Schon dieser Traum ist Sünde.

Und wieso habe ich geträumt, ich hätte zwei Kinder? Ich habe keine Kinder und werde niemals welche bekommen, weil Henry keine Kinder mehr will. Seine zwei sind ihm genug. Er sagt, dass in seinem Alter das Kapitel Kind abgeschlossen ist. Ich bin ebenfalls bald in einem Alter, in dem ich keine Kinder mehr bekommen kann. Das bringt mich noch mehr zum Weinen.

Aber das Weinen nützt nichts. Das weiß ich und kann trotzdem nicht aufhören zu weinen.

Dorffest

Heute trage ich mein Ausseer Dirndl: grünes Leibchen mit weißer Bluse, rosa Rock und darüber eine lila Schürze. Ich freue mich auf das Fest, das in jedem Jahr zum Schulschluss mit dem gesamten Ort gefeiert wird. Mitten auf der Dorfstraße stehen unzählige Biertische, Bänke, Stände mit Getränken und Leckereien. Deshalb ist die gesamte Straße für den Verkehr gesperrt. Auch unser Hotel betreibt ein Büdchen. Es hat eine große Rundumtheke, wo wir Wein, Bier und Most ausschenken. Falko bereitet in seiner Küche kleine Mahlzeiten zu und schickt aller Augenblicke einen Mitarbeiter mit einer Platte voller Leckereien wie Ziegenkäsepralinen, Kürbispuffer, Sesamringe und Verhackertes auf Schwarzbrot. Ottilie hat einen eigenen Stand, wo sie ihre selbstgemachte Beerenbowle und Sekt verkauft. Kinder toben zwischen Wasserfontänen, die die Feuerwehr aus dicken Schläuchen in die Luft spritzt. Fast alle Besucher tragen Tracht in typisch Ausseer Farben.

Das Abendmenü im Hotel fällt heute aus, damit unsere Hausgäste zusammen mit den Einheimischen feiern können. Zur Unterhaltung spielen verschiedene Musikgruppen. Ich höre gern die sogenannten Paschen, die ich von Wien her nicht kenne. Dabei singen Männer eine Art Stanzl und klatschen auf eine besondere Weise mit ihren Händen. Dazu spielt eine Ziach, wie hier in der Gegend das Akkordeon genannt wird. Heute ist sogar noch eine Tuba dabei.

Zu vorgerückter Stunde stehen sechs Männer und zwei Frauen auf der Bühne. Die Frauen singen übertrieben gefühlvoll und feierlich. Obwohl ich normalerweise keine schnulzige Musik mag, treten mir die Tränen in die Augen, weil mich die Texte über Heimat, Wildwasser und Sehnsucht zutiefst berühren. Ein Lied über die Oma geht mir besonders nahe.

Wie lange habe ich meine Oma nicht mehr gesehen? Sie lebt in der Türkei und ich besuchte sie bis zu meiner Hochzeit in jedem Jahr für mehrere Wochen. Ich weiß nicht einmal, wie es ihr geht, weil mich meine Familie verstoßen hat. Bereue ich etwa, Henry geheiratet zu haben? Nein, ich habe meine große Liebe gefunden. Außerdem spüre ich, dass ich hierher gehöre, ins Ausseer Land zu meinem Mann und seinem Hotel. Auch davon singen die beiden Frauen: von der Liebe ihres Lebens.

Plötzlich legen sich zwei Arme um meine Schultern und zwei kleine Hände patschen gegen den Rock. Alex und Lena! Sofort freue ich mich und umarme die Beiden herzlich.

„Du strahlst so", stellt Alex fest.

Ich lächle, möchte ihm aber keinesfalls verraten, wie sehr mich sein Anblick freut.

„Was wollt ihr essen?", frage ich stattdessen.

„Nichts, danke! Wir haben uns bereits gestärkt."

„Ich Erdbeereis, der Papa Käsekrainer", verkündet Lena.

„Du warst so versunken in die Musik, da wollte ich nicht stören. Doch Lena bestand darauf, dich zu begrüßen."

„Das hast du gut gemacht", lobe ich das Mädchen. „Ich wäre ganz traurig gewesen, wenn ich dich heute nicht gesehen hätte."

„Siehst du, Papa, ich habe es gleich gewusst!" Alex lacht.

„Magst du die Seer?"

„Welche Seen meinst du?"

„Die Musikgruppe", er zeigt auf die Bühne. „Sie heißt Seer und kommt vom Grundlsee."

Den Grundlsee kenne ich. Er ist ganz in der Nähe, etwa fünfzehn Autominuten entfernt und wunderschön. Die Leute nennen ihn Steirisches Meer, weil er so groß und eindrucksvoll ist. Leider habe ich nur selten Zeit, dort am Wasser spazieren zu gehen. Am liebsten mag ich den Panoramaweg durch die Wiesen oberhalb des Ortes. Von dort hat man den besten Blick über den gesamten See.

„Papa, ich will jetzt auf die Feuerwehrleiter!",
ruft Lena.

„Du hörst es: Ich muss los!", sagt Alex, küsst
mich links und rechts auf die Wange und verschwindet in der Menge, ohne sich noch einmal
umzusehen.

Mir ist auf einmal recht warm geworden, direkt
heiß.

„Träum nicht!", ermahnt mich Henry. „Wir haben
alles verkauft. Lauf bitte zurück ins Hotel und
bereite mit Falko ein paar Brettljausen zu! Die
bringt ihr so schnell wie möglich her, damit wir
sie anbieten können! Dann soll er zusperren,
herkommen und mitfeiern!"

Nach dem Fest müssen wir kein schmutziges
Geschirr zusammenräumen und waschen, da
wir Becher und Teller aus Pappe verwendeten.
Das ist zwar nicht schön, aber praktisch. Die
unglaublich vielen Müllberge lässt morgen der
Bürgermeister auf Gemeindekosten entsorgen.
Völlig erschöpft falle ich weit nach Mitternacht
ins Bett.

*****

Am nächsten Morgen sitze ich allein am Frühstückstisch. Henry ist nirgendwo zu finden, we-

der im Haus noch im Hotel. Ich vermute, dass er zum Festplatz gelaufen ist, um zu schauen, ob er etwas helfen kann.

Ich kontrolliere den Gastraum und das üppige Frühstücksbuffet. Alles ist für die Gäste bereit: Rührei, Würste, Schinken, Käsesorten, Butter, selbstgemachte Marmeladen, Obst, Milch und diverse Körner. Dann setze ich meinen Rundgang im Spa-Bereich fort und sehe im Pool einen Mann, der immer wieder bis hinunter auf den Boden taucht. Etwas irritiert schaue ich dem Mann zu und merke plötzlich, dass es Henry ist. Als sein Kopf kurz aus dem Wasser schaut, frage ich ihn, ob er etwas sucht.

„Die Krätzn (Schimpfwort für Kinder) haben Papier in den Pool geworfen. Das verstopft den Abfluss. Überall schwimmen Schnipsel."

Auch das noch! Während des Festes waren die Kinder wohl unbeaufsichtigt und haben im Pool ihr eigenes Fest gefeiert.

„Seit einer Stunde sammle ich die Fetzen heraus und habe sicher noch ein weitere Stunde zu tun."

Am Beckenrand sehe ich eine kleine Wanne, die bereits mit unzähligen Schnipseln gefüllt ist.

„Oje, das tut mir leid. Kann ich etwas helfen?"

„Nein, hierbei nicht. Aber öffne bitte die Terrassentür!"

Ich öffne die Tür, gehe über die Sonnenwiese und rücke hier und da einen Liegestuhl oder einen Sitzsack zurecht, schüttle die Kissen aus und wische die Tische sauber.

Plötzlich stürzt ein großer Hund an mir vorbei und ehe ich mich umdrehen kann, höre ich es platschen. Er wird doch nicht in den Pool gesprungen sein?!

„He! Raus da!", ruft Henry verärgert.

Eilig laufe ich zurück und muss lachen über das Bild, das sich mir bietet. Henry spritzt gegen den Hund, doch der scheint das zu mögen, denn er hat sichtlich Spaß im Wasser und paddelt vergnügt auf Henry zu. Offenbar hält er das für ein Spiel.

„Raus!", schreit er noch einmal. „Hilf mir und locke das Viech aus dem Pool!"

Ich gehe an die Treppe, wo der Hund leicht aus dem Pool steigen kann und klatsche in die Hände. Das hilft, denn er schaut zu mir. Es ist ein großes schwarzes Tier, was mir ein wenig Angst macht.

Trotzdem rufe ich mutig: „Hier!", und klopfe mit den Händen auf die Fliesen.

Tatsächlich kommt der Hund direkt auf mich zu, was zwar genauso geplant war, mir aber auf einmal gar nicht mehr recht ist. Wenn er mich nun beißt? Henry schubst das Tier von hinten, damit es schneller aus dem Pool heraus ist.

Der Hund beachtet mich nicht, steigt aus dem Wasser und saust zur Tür. Doch er geht nicht hinaus in den Garten, sondern nimmt Anlauf und springt mit einem Satz wieder hinein in den Pool.

Obwohl ich weiß, wie sehr sich Henry jetzt ärgert, kann ich mir das Lachen nicht verkneifen. Er mag Hunde sehr gern, doch sie dürfen nicht in den Pool. Ringsum gibt es viele Seen und Bäche, in denen sich die Tiere austoben dürfen.

Ich laufe hinaus auf die Wiese und rufe: „Wem gehört der schwarze Hund?"

„Alex!"

Alex ist hier? Ich schaue mich um, entdecke ihn aber nicht. Mir kommt eine junge Frau entgegen, die wieder nach Alex ruft. Ich vermute, sie ist seine Frau.

„Ich habe Alex nicht gesehen. Wollte er ins Hotel?", biete ich meine Hilfe an.

Ob er mich besuchen wollte?

Plötzlich steht der schwarze Hund neben mir und schüttelt sich. Ich bin sofort von oben bis unten nass gespritzt.

„Pardon!", murmelt die Frau, leint den Hund an und geht ohne ein weiteres Wort mit ihm davon.

Es dauert eine ganze Weile, bis ich begreife, dass die Frau ihren Hund gerufen hat, der zufällig ebenfalls Alex heißt.

Veilchen

Gegen Abend läuft eilig eine Frau an mir vorbei, die mir bisher noch nicht aufgefallen ist. Sie trägt eine dunkle Sonnenbrille und nimmt sie auch im Gang nicht ab. Mich wundert das nicht, denn die Leute haben die seltsamsten Angewohnheiten, die mich nichts angehen, aber die Arbeit im Hotel doppelt interessant machen.

Als ich beim Servieren der Vorspeise direkt hinter ihr stehe, bemerke ich um das Auge violett schimmernde Haut. Sie verdeckt also mit der Brille ein sogenanntes Veilchen, einen Bluterguss, der in einem Gesicht alles andere als schön aussieht. Meist glauben die Leute, dass man geprügelt wurde, denn Gewalt in der Familie kommt leider recht häufig vor.

Doch diese Frau wirkt weder verschüchtert noch bedrückt auf mich. Sie scherzt mit ihrem etwa sechsjährigen Sohn und lacht laut.

Etwas später treffe ich sie im Haus noch einmal, dieses Mal ohne Brille. Jetzt sehe ich das voll erblühte Veilchen deutlich. Der Backenknochen ist dunkelblau, um das Auge herum die Haut lila und dick geschwollen.

„Was ist denn passiert?", erkundige ich mich.

„Nichts."

Die Frau dreht sich weg und verschwindet eilig hinter der Toilettentür. Ich folge ihr, doch sie hat sich bereits in einer WC-Kammer eingeschlossen.

„Ich besorge Ihnen Eiswürfel und eine Creme, damit der Bluterguss schneller heilt", rufe ich und laufe in die Küche.

Dort gebe ich Eiswürfel in ein Geschirrtuch und nehme Arnikacreme aus dem Sanitätsschrank. Beides hilft gegen die Einblutung.

Als ich zurück komme, stoße mit der Frau in der Toilettentür zusammen. Sie schaut mich zuerst etwas irritiert an, dann lächelt sie, greift nach dem Tuch mit den Eiswürfeln und drückt es auf ihr Veilchen.

„Wann ist Ihnen das Missgeschick passiert?" Oder hätte ich Unfall sagen sollen?

„Vor einer Stunde", sagt sie leise. „Ich bin nur gestürzt und dabei gegen die Tür gestoßen."

Weil sie so schnell und ungefragt erklärt, dass sie *nur* hingefallen ist, glaube ich ihr nicht. Normal wäre, wenn sie nach einem Arzt verlangt und sich über ihr entstelltes Aussehen bitter beklagt hätte. Doch sie tut so, als wäre nichts passiert. Im Grunde geht es mich nichts an. Man darf dem Gast Hilfe nicht aufdrängen, sondern muss diskret bleiben.

„Hier ist Arnikacreme für Sie", sage ich und reiche ihr die Tube.

Sie bedankt sich, tupft etwas Creme auf ihre Verletzung und lächelt mich noch einmal an.

„Wissen Sie, ich bin gar nicht gestürzt. Ich sage das nur aus Gewohnheit, um mich und mein Kind zu schützen."

Sie ist also tatsächlich geschlagen worden! Ich weiß nicht, was ich in solch einem Fall sagen soll. Ich weiß nur, dass ich hier im Hotel keinen gewalttätigen Mann dulde.

„Kann ich Ihnen irgendwie helfen?"

„Ja. Sie können mir sagen, wo ich den nächsten Arzt finde, der meine Verletzung untersucht und dokumentiert."

Ich nicke und denke sofort an Alex, der um diese Uhrzeit mit Sicherheit daheim ist.

„Ich kenne einen sehr netten jungen Arzt, der keine fünf Fußminuten von hier entfernt wohnt. Wir können direkt hinlaufen."

Soll ich sagen, dass Alex Tierarzt ist? Aber hier geht es um eine Notsituation und ich weiß, dass die beiden Allgemeinmediziner hier im Ort ihre Praxen längst geschlossen haben.

*****

Unterwegs erzählt mir die Frau ihre Geschichte: „Ich bin seit sechs Jahren verheiratet. Im ersten Jahr ging alles gut. Mein Mann sorgte liebevoll für mich, doch dann waren ihm plötzlich meine

Beine zu dick. Meine Beine waren wirklich dick angeschwollen, denn ich hatte wegen meiner Schwangerschaft Wasser in den Füßen. Auch in den Händen, was ihm unangenehm war. Ich durfte ihn nicht mehr anfassen."

Weshalb durfte sie ihn nicht anfassen? Weil er dicke Finger nicht schön findet?

Sie seufzt.

„Nachdem unser Sohn geboren war, wurde er von Tag zu Tag reizbarer. Zuerst beleidigte er mich mit immer heftigeren Schimpfworten, dann versetzte er mir jedes Mal einen Stoß, wenn er an mir vorbei ging und schließlich schlug er zu. Immer ins Gesicht."

„Haben Sie sich niemandem anvertraut?", frage ich.

Sie schüttelt den Kopf.

„Sie können sich nicht vorstellen, wie sehr ich mich dafür geschämt habe."

Sie hat sich geschämt? Wofür? Für einen gewalttätigen Mann?

„Ich habe den Leuten immer weisgemacht, ich sei ungeschickt im Haushalt oder mit dem Fahrrad gestürzt."

Auch ich habe mich mit dem Sturz gegen die Tür zufrieden gegeben, obwohl ich Zweifel hatte. Vermutlich ist man insgeheim sogar dankbar für solch eine Ausrede. Man muss nichts tun.

„Wissen Sie, ich dachte, dass ich irgend etwas

falsch gemacht hatte und überlegte, was ich meinem Mann Gutes tun könnte, damit es nicht wieder passiert."

Fassungslos starre ich sie an. Selbst, wenn sie etwas falsch gemacht hat, rechtfertigt es keine Schläge.

„Ich ging nicht arbeiten, mein Mann wollte das nicht. Mein inzwischen vierjähriger Sohn wurde immer verstörter und fiel im Kindergarten schon auf. Als mich dann ein heftiger Faustschlag im Gesicht traf, wusste ich, dass es so nicht weitergehen konnte. Doch ich wusste nicht, wohin ich mich wenden kann. Die Polizei fiel aus, weil ich nicht mit einem Mann darüber sprechen wollte und auch nicht konnte. Außerdem hatte ich Angst, mit einer Anzeige alles nur noch schlimmer zu machen." Wieder seufzt sie. „Ich habe mich meiner Mutter anvertraut."

Erleichtert seufze ich, weil sie nun endlich mit ihrem Kummer nicht mehr allein war und die Mutter ihr helfen konnte. Doch so war es leider nicht.

„Meine Mutter schlug die Hände über den Kopf zusammen, aber nicht, weil ich geschlagen wurde, sondern weil ich mich darüber beklagte. Sie sagte, ich solle mich nicht so anstellen wegen einer Ohrfeige. Er sei schließlich mein Mann."

Wieder schüttle ich fassungslos meinen Kopf,

weil ihr nicht einmal die eigene Mutter zur Seite steht, ihr hilft oder sie wenigstens tröstet.

„Als ich meinen Sohn eines Tages vom Kindergarten abholte, sahen die Erzieherinnen meine Verletzungen im Gesicht und wussten im gleichen Moment, warum der Junge so verhaltensauffällig war. Sie ließen mich mit meinem Kind ins Frauenhaus bringen, obwohl ich das gar nicht wollte."

Endlich hat jemand beherzt gehandelt und der Frau und ihrem Kind geholfen! Viele Leute schauen absichtlich weg statt zu helfen. Doch ich begreife nicht, warum sie heute wieder mit ihrem Mann zusammenlebt.

„Das war eine sehr schwere Zeit, denn wir hatten nichts dabei, keine Kleidung, kein Geld – überhaupt nichts. Die Sozialarbeiter unterstützten mich bei der Klage gegen meinen gewalttätigen Mann, doch bei der Gerichtsverhandlung stand ich ganz allein da. Ich hatte mich nie an einen Arzt gewandt und konnte deshalb all die schlimmen Verletzungen nicht beweisen. Mein Mann ist Kreditberater bei der Bank und kann im Gegensatz zu mir gut verhandeln. Ihm gelang es, mir psychische Instabilität anzuhängen und das Sorgerecht für unseren Sohn zu bekommen."

„Das darf doch nicht wahr sein!", rufe ich empört aus.

Wie ist solch ein Gerichtsentscheid möglich? Gelten die Aussagen der Erzieherinnen und Mitarbeiter im Frauenhaus nicht? Oder wurden sie nicht als Zeugen aufgerufen? Man darf doch keinem Gewalttäter das Kind zusprechen und die geprügelte Mutter damit doppelt bestrafen!

„Ich darf mein Kind nur unter Aufsicht sehen. Deshalb mache ich gute Miene zum bösen Spiel und fahre mit meinem Mann in den Urlaub, um bei meinem Kind zu sein."

Ich verstehe, dass die Frau kaum eine andere Möglichkeit hat, ihren Sohn zu sehen. Doch die Gerichte verstehe ich nicht.

„Und jetzt will ich, dass ein Arzt mein Veilchen begutachtet, damit ich für die nächste Verhandlung vor Gericht gerüstet bin. Ich will mich endlich scheiden lassen – auch gegen den Willen meines Mannes. So eingeschüchtert wie noch vor wenigen Jahren bin ich schon lange nicht mehr."

Das hört sich gut an und ich wünsche der Frau viel Kraft und Durchhaltevermögen.

„Heute weiß ich, dass jede vierte Frau mindestens einmal in ihrem Leben Gewalt durch ihren Partner erlebt haben. Das zieht sich durch alle Gesellschafts- und Bildungsschichten."

Das kann ich kaum glauben, denn ich kenne keine einzige Frau, die von ihrem Mann geprügelt wurde, weder in meiner Verwandtschaft noch in den Familien meiner Wiener Freundinnen. Auch wir Kinder kannten keine Schläge.

„Ich engagiere mich in einem Verein gegen Gewalt in der Ehe und helfe betroffenen Frauen, damit ihnen vor Gericht nicht das gleiche Unrecht geschieht wie mir."

Mit Gewalt kann ich überhaupt nicht umgehen und hoffe, sie nie erleiden zu müssen.

„Fast noch schlimmer als Schläge empfinde ich solch ein unfassbares Gerichtsurteil", sage ich bestürzt und schüttle den Kopf.

„Völlig unverständliche Urteile scheinen seltsamerweise zuzunehmen. Ich kenne eine Frau, die sich und ihre Kinder durch Flucht rettete. Ihr Mann zeigte sie an und ihr wurden die Kinder genommen, weil sie ohne Absprache mit dem ebenfalls sorgeberechtigten Vater einen Wohnort- und Kitawechsel eingeleitet und die Kinder aus ihrem gewohnten Umfeld nahm. Dem Prügelvater wurde das alleinige Sorge- und überdies das Aufenthaltsbestimmungsrecht zugesprochen, die Mutter darf ihre Kinder nur unter Aufsicht sehen. Die Kinder wollen zur Mutter, doch sie sind noch zu klein, um überhaupt gefragt zu werden."

Was nützen Gesetze zum Schutz vor häuslicher Gewalt, wenn sie die Betroffenen im Ernstfall gar nicht schützen?

Ich wusste bisher nicht, dass auch Frauen in Österreich von ihrem Mann geschlagen werden und noch weniger ahnte ich von derartig perversen Gerichtsurteilen.

In der Türkei klagen die Frauen höchst selten gegen ihren Mann, weil der enge familiäre Zusammenhalt auf einer langen Tradition mit festen Regeln und einer klaren Ordnung beruht. Sie nehmen stillschweigend Misshandlungen hin, obwohl auch in der Türkei Gewalt in der Ehe verboten ist.

In meiner Familie gab es keine Gewalt. Ich würde mich sofort scheiden lassen. Wenn man Kinder hat, ist das allerdings nicht so einfach.

Inzwischen stehen wir vor dem Haus, in dem Alex mit seiner Tochter, seinem Hund und seiner Frau wohnt. Als er die Tür öffnet und das Veilchen sieht, bittet er uns sofort hinein. Er weiß ohne viel Worte, was zu tun ist.

Während der Behandlung sitze ich im Hintergrund und versuche, unsichtbar zu sein. Ich überlege, ob ich einfach aus dem Zimmer und aus dem Haus gehen kann. In diesem Moment kommt Lena barfuß im Nachthemd angesprungen und kriecht mir jubelnd auf den Schoß.

„Ich habe dich gleich an der Stimme erkannt!", ruft sie glücklich.

„Ich trinke jetzt ein Glas Wein mit den beiden

Frauen und du gehst sofort wieder ins Bett!",
sagt Alex streng, doch seine Augen lächeln
dabei.

„Nein!", schreit Lena. „Ich will auch was trinken
und ein Eis will ich auch."

„Und ich will, dass du jetzt schläfst. Das Eis bekommst du morgen."

„Darf ich Lena ins Bett bringen? Sicher gibt es
noch etwas zu bereden."

Ich schaue fragend zu Alex. Als er mir dankbar
zunickt, ergreife ich Lenas Hand und bitte sie,
mir ihr Zimmer zu zeigen, wo ihr Bett steht.

Offenbar ist weder Lenas Mutter noch Gesine
im Haus, denn die Tür zur Stube steht offen
und niemand ist zu sehen. Ich höre auch kein
Geräusch aus einem der anderen Zimmer.

Lena reicht mir ein Buch, aus dem ich ihr vorle-
sen soll. Darin geht es um einen Igel, der sich
mit einem Hund anfreundet und mit ihm die
Umgebung erkundet. Das ist recht lustig gemacht, da der Igel ganz andere Dinge wahr-
nimmt als der Hund. Er ist klein und hat so
kurze Beine, dass er nur die Käfer im Gras
sieht, während der Hund über Bäche und auf
Mauern springt und weit entfernte Kinder und
Tiere entdeckt.

Auch wir Menschen nehmen alle unterschied-
lich wahr, sogar dann, wenn wir das Gleiche

betrachten oder erleben.

Manchmal muss ich laut lachen und schaue dann jedes Mal zur Tür, ob nicht doch Gesine oder Lenas Mutter hereinkommt. Die Frau von Alex würde ich gern kennenlernen, doch sie scheint nicht im Haus zu sein. Ich kenne viele Frauen, die lieber arbeiten gehen, als für ihr Kind zu sorgen. Auch so spät abends wie jetzt. Ich könnte das nicht. Mir wäre mein Kind wichtiger als jede Arbeit der Welt, auch wenn sie noch so gut bezahlt wird.

Aber ich habe keine eigenen Kinder, weil Henry nach wie vor meinen Kinderwunsch kategorisch ablehnt. Das bedaure ich sehr und ich seufze.

„Hat dich jemand geärgert?", fragt Lena und zieht ein bekümmertes Gesicht.

„Nein, mich hat niemand geärgert."

„Aber du hast eben so traurig ausgesehen und geseufzt."

Die Kleine imitiert sehr ernst meinen Seufzer und schaut mich erwartungsvoll an.

Ich streiche ihre dunklen Locken zur Seite, lächle sie an und sage: „Ich wünsche mir eine Tochter, die so hübsch und klug ist wie du."

Lena schlingt ihre Ärmchen um meinen Hals und gibt mir einen dicken Kuss auf die Wange.

„Ich sage es Papa. Dann nimmt er dich als meine Mama."

Lena sinkt zurück auf ihr Kissen und schläft im

gleichen Moment ein. Ich sitze noch immer auf ihrem Bett und überlege, was der Satz *Papa nimmt dich als meine Mama* zu bedeuten hat.

*****

Wenige Stunden später sitze ich in meinem Bett und schwitze vor Scham, weil ich mich an jedes Detail meines Traumes erinnern kann. Wieder habe ich von Alex geträumt und mir gewünscht, dass er mich derb packt und in sein Bett wirft. Doch er wollte mich nur streicheln und freundschaftlich auf die Wange küssen. Das war mir nicht genug.

„Ich will dich! Liebe mich!", habe ich immer wieder verlangt.

„Ich liebe dich. Doch ich teile erst das Kopfkissen mit dir, wenn du die Mama meiner Kinder sein willst."

„Das geht nicht!", habe ich verzweifelt gerufen.

„Ich habe bereits zwei Kinder, denn Henrys Kinder sind auch meine Kinder."

Was hat dieser Traum, den ich schon einmal träumte, zu bedeuten? Bin ich im Grunde meiner Seele ein Ehebrecher? Warum will ich Alex zum Fremdgehen anstiften? Was ist nur in mich gefahren?

Ich weiß, dass es nur ein Traum ist. Doch sind Träume nicht geheime Wünsche? Im Internet steht: Wenn Sie selbst im Traum fremdgehen, möchten Sie etwas in Ihrem Leben verändern.

Natürlich möchte ich etwas in meinem Leben verändern. Ich möchte eigene Kinder haben, doch die möchte ich mit Henry. Leider will Henry keine Kinder, weil er bereits zwei Kinder hat. Weiche ich deshalb in meinen Fantasien auf Alex aus?

Nein, ich muss ehrlich zu mir sein. Wenn Alex mich anschaut, werde ich rot. Berührt er mich zufällig, fühle ich Hitze in mir aufsteigen und es kribbelt in meinem Bauch. Das kann nur bedeuten, dass er für mich mehr ist als nur ein freundlicher Nachbar. Das ist Sünde und ganz und gar nicht gut.

Ich liebe meinen Mann und werde ihn immer lieben – genauso, wie ich es bei der Trauung versprochen habe.

Schwanger

17 Uhr. Ich gehe durch den Gastraum und prüfe, ob die Tischgedecke vollständig sind. Wir legen großen Wert darauf, denn wir wollen unseren Gästen Ordnung und Eleganz vermitteln, sie sollen sich wohl fühlen.

Obwohl in wenigen Minuten der erste Gang serviert werden soll, sind nur vier Tische fertig eingedeckt und das Salatbuffet noch nicht aufgebaut. Heute hat Resi Dienst. Sie lief vorhin an mir vorbei und schaute mich merkwürdig an, halb verzweifelt und halb wütend. Ich glaube, sie hatte sogar Tränen in den Augen. Hat sie Kummer? Oder ist sie krank? Wo steckt sie überhaupt?

Ich suche sie zuerst in der Küche und dann in der Mitarbeiter-Umkleide. Dort sitzt sie wie ein Häufchen Elend auf einem Schemel.

„Ist dir nicht gut, Resi?"

„Für dich immer noch Theresa!", faucht sie. „Für wen hältst du dich eigentlich?"

Auf diese seltsame Frage antworte ich nicht. Was sollte ich auch sagen? Ich bin deine Chefin? Es ist immer besser, sachlich zu bleiben.

„Du hast noch nicht fertig eingedeckt und gleich kommen die ersten Gäste. Beeile dich! Beim Salatbuffet werde ich dir helfen."

„Mach es selbst!", zischt sie und ergänzt fast drohend: „Ich lasse mich krank schreiben."

Resi hat zwar ein heftiges Temperament, doch sie hat sich noch nie im Ton vergriffen – schon gar nicht mir gegenüber. Was ist nur in sie gefahren?

Trotzdem erkundige ich mich, ob sie sich krank fühlt, zumal ihre Wangen sehr blass sind.

„Ich hab gekotzt!"

Das tut mir leid. Wenn sie die Grippe hat, sollte sie am besten sofort zum Arzt gehen und sich untersuchen lassen, denn sie kommt mit Lebensmitteln für unsere Gäste in Berührung.

„Hast du auch Durchfall?", frage ich besorgt.

Sie springt auf, geht an mir vorbei und wirft die Tür so heftig hinter sich zu, dass es im ganzen Haus widerhallt. Ich eile ihr nach und erwische sie vor dem Eingang zur Küche.

„Schwanger bin ich, du dumme Gans! Schnallst du gar nichts?", schreit sie aufgebracht.

Ich sehe an ihren weit aufgerissenen Augen, wie verzweifelt sie ist. Trotzdem darf sie sich nicht so gehen lassen. Nur mit Mühe kann ich mich beherrschen und sachlich bleiben.

„Du weißt, dass wir hier im Haus kein Geschrei dulden", ermahne ich sie leise.

Wir sind ein Vier-Sterne-Hotel, doch sie verhält sich, als wäre sie auf einem Dorffest, wo es zu vorgerückter Stunde recht laut zugeht. Dabei stammt sie wie ich aus Wien. Sie ist flink und tüchtig, doch mir ist sie oft zu derb. Sie stellt manchmal unseren Gästen ungefragt ein neues Bier oder eine Flasche Wein auf den Tisch. Das passt nicht in unser Haus, *sie* passt nicht.

Henry sieht das anders. Er findet, dass die hübsche Blondine eine Bereicherung ist, weil sich die Gäste an ihrem Anblick erfreuen. Sie ist tatsächlich auffallend hübsch und sieht in ihrem Dirndl hinreißend aus. Doch diesen Ton mir gegenüber lasse ich ihr nicht durchgehen.

„Du gehst jetzt nach Hause. Und wenn es dir besser geht, reden wir und finden eine Lösung für dein Problem."

Eine Schwangerschaft ist an sich kein Problem, sondern etwas sehr Schönes. Doch wir müssen uns nach einem Ersatz für Resi umschauen. Das wird nicht leicht.

„*Du* bist mein Problem, du blöde türkische Sauwabn!", schreit sie.

Fassungslos starre ich sie an. Solch eine unflätige Beschimpfung habe ich nicht einmal als Lehrling in Wien zu hören bekommen. Zwar vermute ich, dass sie ungewollt schwanger wurde, doch das entschuldigt ihren Ausraster keinesfalls.

In diesem Moment stürmt Falko aus der Küche direkt auf uns zu. Als ich seine Zornesfalten auf der Stirn bemerke, weiche ich automatisch einen Schritt zurück.

„Du bist jetzt still und gehst an deine Arbeit!", zischt er Resi zu und stößt sie unsanft beiseite.

Dann nimmt er mich in den Arm und drückt mich tröstend an seine Brust. Das hat er noch nie getan.

„Ärgere dich nicht über sie! Sie ist es nicht wert", sagt er ruhig. „Bespreche dich mit Henry. Er wird ihr kündigen."

„Du hast hier gar nichts zu melden!", schreit ihn Resi an. „Ihr könnt mir gar nicht kündigen! Nie werdet ihr mich los! Im ganzen Leben nicht"

„Du bekommst es heute noch schriftlich! Das schwöre ich dir!"

„Beruhige dich!", sage ich leise und meine dabei alle Beide.

„Mit den Wisch kaunst da vo mia aus in Oasch auswisch´n!", brüllt sie aus voller Kehle und spuckt mitten auf den Teppich.

Der derbe Wiener Schmäh ist mir sehr wohl bekannt und bedeutet, dass sie weder Falko noch seine Drohung ernst nimmt.

„Beherrsche dich gefälligst!", ermahne ich sie scharf.

Sie beugt sich zu mir, spreizt zwei Finger wie ein Rapper und schnauzt: „Was guckst du? Bin ich Kino? Isch mach dich Krankenhaus, ich schwöars!"

Sofort werde ich rot. Das ist Kanak-Sprak, der Ghetto-Slang. Resi will mich damit absichtlich demütigen und verletzen. Aber warum?

Falko packt sie derb am Arm und öffnet die Eingangstür. Er will sie aus dem Haus werfen, hinaus auf die Straße. Doch Resi wehrt sich.

Sie tritt mit ihren Füßen gegen sein Schienbein und droht: „Ich druck dar a Vakehrte auf´s Aug!"

„Du hast dich jetzt um Kopf und Kragen gebracht. Sieh zu, dass du verschwindest!"

Resi lacht. Es ist kein normales Lachen, eher ein hysterisches Kreischen.

„Halt´s Maul, du Depp!", schreit sie und schlägt auf ihn ein. „Du Blochjodler, du damischer!"

Ich höre, wie die Außentür zuschlägt. Falko kommt zu mir und umarmt mich noch einmal. Er wirkt sehr besorgt und will mich offensichtlich trösten. Doch ich brauche keinen Trost. Ich bin wütend, wütend auf Resi, die sich derart laut vor unseren Gästen gehenließ. Warum freut sie sich nicht auf ihr Kind? Hat ihr Freund sie verlassen? Es gibt für alles eine Lösung, zum Beispiel Programme zur Unterstützung Alleinerziehender. Und wir sind schließlich auch noch da.

Ich begreife nicht, warum sie Falko und mich derart heftig beschimpft. Er hat Recht, sie hat sich um Kopf und Kragen geredet und ihre Ausraster müssen ein Nachspiel haben. Ich werde noch heute eine Abmahnung schreiben, doch Henry muss es nicht unbedingt erfahren. Nur über die Schwangerschaft muss ich mit ihm reden, weil sie bestimmte Arbeiten jetzt nicht mehr ausführen darf, schon gar nicht nach 20 Uhr.

„Wir können Resi wirklich nicht kündigen. Sie hat mir soeben erzählt, dass sie schwanger ist."

„Ich weiß", sagt Falko. „Du solltest mit Henry sprechen! Heute noch."

Das habe ich mir selbst schon vorgenommen.

*****

Wie jeden Abend sitzen wir gegen 21 Uhr am Familientisch: Henry, Ata, Ottilie, Falko, Veronika und ich. Wir essen gemeinsam, sobald die Gäste ihr Abendmenü beendet haben und lassen den Tag in Ruhe ausklingen. Dabei planen wir die Arbeiten für den nächsten Tag und besprechen Probleme.

Henry stützt sich auf seine Ellenbogen und stochert im Essen, obwohl es sein Leibgericht gibt: mit Spinat und Fleisch gefüllte Knödel.

„Ist alles in Ordnung, Schatz?", erkundige ich mich.

„Natürlich, Süße."

Wenn er Süße sagt, ist er in Gedanken ganz woanders, denn normalerweise nennt er mich Gülüm, meine Rose. Dabei fällt mir ein, dass er das schon lange nicht mehr gesagt hat.

„Resi hatte heute einen schlechten Tag", sage ich kurz entschlossen.

„Ich habe sie heimgeschickt", ergänzt Falko.

Henry hebt kurz den Kopf und schaut seinen Sohn an. Veronika legt gespannt ihr Handy beiseite und erwartet ganz offensichtlich eine interessante Unterhaltung.

„Sie hat Hanni übel beschimpft. Du solltest ihr kündigen und zwar fristlos."

Falko erwähnt nicht, dass Resi auch ihn angriff und sogar nach ihm schlug.

„Ich brauche deinen neunmalklugen Rat nicht!", weist Henry ihn zurecht.

„Gut. Dann sieh zu, wie du allein aus der Sache rauskommst!"

„Aus welcher Sache?", frage ich.

„Das geht dich nichts an!", antwortet Henry.

„Das geht sie sehr wohl etwas an!"

Henry schlägt mit der Faust auf den Tisch, was

mich zusammenzucken lässt. So kenne ich ihn gar nicht.

Er brüllt seinen Sohn an: „Halt dich da raus!"

„Die Gäste hören euch!", mahnt Ottilie.

„Dann gehen wir jetzt alle zu Oma!", verkündet Veronika vergnügt. „Ich lasse mir auf keinen Fall entgehen, wenn jetzt die Bombe platzt." Sie kichert, steht sofort auf und winkt mir zu. „Auf geht´s! Jetzt wird´s lustig."

Ich verstehe nicht, worum es geht und was daran lustig sein soll. Doch offenbar sind sich alle außer Henry einig, dass etwas dringend geklärt werden muss. Nur was? Auf jeden Fall geht es um Resi und irgendwie auch um mich. Falko will ihr kündigen, doch Henry mag sicher nicht auf solch eine tüchtige Mitarbeiterin verzichten, auch wenn sie nur noch bedingt einsetzbar ist. Ich neige eher dazu Falko Recht zu geben, denn sie ist eindeutig zu weit gegangen. Trotzdem ist es nicht nötig, alle Familienmitglieder wegen einer Kündigung zusammenzurufen.

Als wir alle in Ottilies Wohnstube sitzen, verkündet Falko ohne jede Einleitung: „Die Resi ist schwanger."

„Deshalb können wir ihr nicht kündigen", gebe ich zu bedenken, denn sie steht unter Kündigungsschutz.

„In ihrem Fall geht das sehr wohl, weil sie ihre

Chefin übel beschimpft und beleidigt hat."

„Und dich ebenfalls", ergänze ich. „Ich begreife nicht, warum sie derart ausgerastet ist."

Veronika lacht gehässig.

„Natürlich nicht. Du bist und bleibst ein blindes Huhn."

„Vroni!", ermahnt sie Falko.

„Ist doch wahr!" Dann wendet sie sich an mich. „Dein sauberer Ehemann hat die Schnepfe geschwängert und ihr die Ehe versprochen. Wie damals meiner Mutter. Er wird ihr weisgemacht haben, dass du allein das Problem bist, weil du keine Scheidung willst. Alles klar?"

Nichts ist klar. Hilflos schaue ich von einem zum anderen. Wie ist es möglich, dass Henry vor meinen Augen ein Verhältnis mit Resi hat? Weshalb habe ich nichts gemerkt? Henry war zu mir wie er immer war, nicht reserviert, nicht unfreundlich. Wann und wo haben sich die Beiden getroffen? Und warum? Liebt er mich nicht mehr?

Am schlimmsten trifft mich, dass offenbar alle von diesem Verhältnis wussten. Veronika hat Recht, wenn sie mich ein blindes Huhn nennt.

„Die Resi ist eine gewöhnliche Hutsche, um die es nicht schade ist", fasst Ottilie zusammen, die bisher ganz gegen ihre Art noch gar nichts gesagt hat.

In Österreich ist Treue wichtig und Fremdgehen

ein Trennungsgrund. Die Türkei dagegen ist das Land der Fremdgeh-Weltmeister. Das war auch einer der Gründe, weshalb ich lieber einen Österreicher als einen Türken heiraten wollte. Erst, als ich hier im Hotel erfuhr, dass Henry bereits zwei Kinder mit zwei verschiedenen Frauen hat, kamen mir Zweifel. Und jetzt bekommt er mit der dritten Frau das dritte Kind, während er mit mir kein Kind will. Ich bin völlig fassungslos und weiß nicht, was ich sagen soll.

Wie unter einer Glocke höre ich, wie sich die anderen streiten. Alle sind sich einig, dass Resi aus dem Haus muss und dass ihre Beleidigungen eine fristlose Entlassung rechtfertigen und ihre Schwangerschaft sie in diesem Fall nicht schützt.

Entsetzt merke ich, dass mich das freut und sage leise zu Henry: „Du hast mich also belogen und betrogen."

„Du bist die Letzte, die mir Vorwürfe machen darf! Man hat mir zugetragen, dass du dich ständig beim Tierarzt herumtreibst."

„Das ist nicht wahr!", rufe ich aus. „Er hat mich verarztet, als mich ein Rabe angriff und später die Verletzung eines Gastes."

„Das wüsste ich!", sagt Henry. Seine Stimme ist ruhig und so kalt, dass es mich friert. „Du warst bei ihm im Haus. Mehr muss ich gar nicht wissen. Das reicht für die Schuldfrage."

Was für eine Schuldfrage? Ich bin schuld an seinem Verhältnis mit Resi? Weil mir Alex ein Pflaster aufklebte?

Veronika kichert. „Tja, wer im Glashaus sitzt, sollte nicht mit Steinen werfen."

„Ich habe nicht geworfen. Und ich lasse mir nicht unterstellen ..."

Falko legt seine Hand auf meine und sagt: „Du musst dich nicht verteidigen. Es geht auch gar nicht um dich, es geht um Resi."

„Ihr wollt sie genauso abservieren wie meine Mutter!"

„Hast du einen besseren Vorschlag, Vroni?"

Sie zuckt nur mit der Schulter und schaut Falko gleichgültig an. Dann wendet sie sich an mich und lacht.

„Du bist erledigt! Und das ganz ohne mein Zutun."

„Sei nicht so garstig!", mahnt Ata, doch sie lacht weiter.

„Ich fertige ein Protokoll von den Beleidigungen und bewahre es auf, falls Resi wagen sollte, die Kündigung gerichtlich anzufechten", verkündet Ottilie. „Ab sofort hat dieses Flittchen Hausverbot."

„So machen wir´s!"

Falko steht auf, umarmt mich, packt Veronika am Arm und zieht sie mit sich aus dem Zimmer.

Ich sitze wie versteinert am Tisch.

„Hast einen Obstler?", fragt Henry.

„Den trinkst du daheim! Geh jetzt!", antwortet Ottilie kalt.

„Du hast immer nur an dich selbst gedacht und nichts dazugelernt", kritisiert Ata seinen Sohn.

Weil er so selten und so leise spricht, hat jedes seiner Worte doppeltes Gewicht.

„Wie ist das nur möglich?", frage ich.

Wir sind verheiratet und führen ein glückliches Leben – glaubte ich. Was fehlt ihm? Warum hat er nicht gesagt, was ihm fehlt? Wir sind erst zwei Jahre zusammen. Wenn er genug von mir hätte, hätte ich das gemerkt. Er war immer aufmerksam und freundlich zu mir und suchte meine körperliche Nähe.

„Ihr habt es gewusst und mich im Ungewissen gelassen."

„Du bist arglos, Mädchen. Das ist es. Etwas Misstrauen wäre besser."

Misstrauen wäre besser? Ohne Vertrauen gibt es keine Liebe. Henry hat mein Vertrauen missbraucht. Es wäre besser, ihn nicht zu lieben.

Meine Beine sind schwer wie Blei und scheinen mir nicht zu gehorchen, als ich aufstehen will.

„Gute Nacht", murmle ich und bekomme von Ottilie keine Antwort auf meinen Gruß.

„Komm zu mir, Mädchen, und lass dich umarmen!", bittet Ata.

127

*****

Wie geht es jetzt weiter? Was wird aus mir? Auf jeden Fall muss ich mich sofort von Henry trennen. Ehebruch ist ein gerichtlich anerkannter Scheidungsgrund, vor allem, wenn die Geliebte schwanger ist. Doch ich müsste mir zuerst eine andere Arbeit und eine Wohnung suchen. Leider habe ich kein eigenes Geld, weil für mich die eheliche Beistandspflicht im Hotel gilt.
Vielleicht kann ich zurück zu meinen Eltern? Werden sie mich wieder in die Familie aufnehmen? Dann könnte alles wieder so werden wie früher. Nein, man kann frühere Zeiten nicht wiederbeleben. Das funktioniert nicht.
Eigentlich möchte ich gar nicht zurück nach Wien, weil ich mich hier im Ausseer Land ausgesprochen wohl fühle. Nur bei Henry kann ich nicht mehr bleiben und auch nicht hier im Hotel.

Ich weiß, dass es in Bad Aussee an die zwanzig Hotels gibt und noch mehr in der unmittelbaren Umgebung. Also werde ich mit Sicherheit leicht eine gute Anstellung finden. Oder wird mich keiner haben wollen, weil ich mit Henry Leitner verheiratet bin? Vielleicht weiß die gesamte Gegend, dass mein Mann ein Verhältnis mit einer Mitarbeiterin hat und ich werde zum

Gespött der Leute.

*****

„Meine schöne Gülüm", säuselt Henry, als ich spät in der Nacht neben ihm im Bett liege.
Ich ertrage seine Stimme auf einmal nicht mehr und drehe mich weg.
„Du bist die Einzige für mich. Nie hat mich eine andere Frau interessiert."
„Mach dich nicht lächerlich! Dich haben sehr wohl andere Frauen interessiert, sonst wären nicht drei Frauen von dir schwanger geworden."
Mir schießen vor Wut Tränen in die Augen. Wie kann ein Mensch so dreist lügen?
„Der Sex mit einer anderen Frau zählt für einen Mann nicht. Es zählt allein die Liebe. Und ich liebe nur dich, meine schöne Gülüm."
Noch gestern hätte ich ihm geglaubt, dass er nur mich liebt, weil es so ein schönes Gefühl ist, geliebt zu werden. Bisher redete ich mir ein, er sei nur verschwiegen und spricht nicht gern über sich. Doch seit heute weiß ich, dass er mich betrügt. Er ist ein Lügner, dem ich nicht mehr vertrauen kann.
Ich wollte einen Mann, mit dem ich drei Kinder habe und bis ans Ende meines Lebens glücklich bin. Doch ich habe einen Mann, der mich unglücklich macht, weil er drei Kinder mit drei

129

verschiedenen Frauen hat. Er hat mir seine drei Frauen und Kinder verschwiegen. Hätte ich von ihnen gewusst, hätte ich die Wahl gehabt. Doch ich hatte keine Wahl. Jetzt muss ich die Konsequenz ziehen und mich von ihm trennen.

„Ich will die Scheidung", sage ich leise, aber sehr bestimmt. „Bis ich eine andere Arbeit und eine Wohnung gefunden habe, erwarte ich, dass du mich finanziell unterstützt."

„Das kannst du vergessen!", sagt er ruhig, als ginge es um nichts weiter als um ein Abendmenü. „Ich will keine Scheidung und muss einer Frau, die sich mit dem Tierarzt vergnügt, nichts zahlen. Ganz im Gegenteil!"

Glaubt Henry wirklich, ich hätte ein Verhältnis mit Alex? Allein deshalb, weil ich zwei Mal in dessen Haus war? Beide Male brauchte ich seine Hilfe als Arzt, zuerst, als mich der Vogel verletzte und dann half er einer Frau, die von ihrem Mann geschlagen wurde. Ich war nie privat und in geheimer Absicht bei ihm. Doch Henry traut mir genau das zu, was er selbst getan hat. Er will mich nicht unterstützen, weil er glaubt, ich würde mich heimlich mit Alex treffen. Das findet er verwerflich und schlimm. Doch dass er vor meinen Augen ein Verhältnis mit Folgen mit einer Mitarbeiterin hat, das ist für ihn normal, weil er ein Mann ist. Ganz offensichtlich hat er nicht einmal ein schlechtes Gewissen.

Deshalb bringt es nichts, ihm Vorwürfe zu machen. Er ist wie er ist. Für mich ist nur schlimm, dass mir bisher nicht klar war, wie er wirklich ist.

Ich habe mich blenden lassen von seinen schönen Worten. Das Hotel ist genauso wunderbar wie von ihm beschrieben, das Ausseer Land, die Menschen, die Traditionen. Ich mag das alles ebenso gern wie er und mache genau die Arbeit, die ich immer machen wollte und die er mir versprochen hat.

Und doch kann ich hier nicht mehr bleiben. Ich habe mich entschieden und werde mich so schnell wie möglich scheiden lassen. Gleich morgen informiere ich mich bei einem Anwalt über meine Rechte und Möglichkeiten. Und ich suche mir eine neue Arbeit und eine Wohnung.

Ausgesperrt

Ich sitze im Pavillon des Hotelgartens und überlege, ob ich nach Hause gehen soll. Zwar habe ich bis 17 Uhr frei, doch Veronika ist wie üblich nicht zur Arbeit gekommen und Henry hat in Bad Aussee zu tun. Ich mag nicht einfach weglaufen, obwohl mich das Hotel eigentlich nichts mehr angeht.

Als ich mich entschließe, ins Hotel zurückzukehren, sehe ich eine Frau mit einem kleinen Mädchen auf einem der Balkone im zweiten Stock. Sie winkt mir zu und ich winke zurück.

„Warten Sie!", ruft sie mir zu. „Mein Kleiner hat mich ausgesperrt."

Ich verstehe nicht und frage nach, was genau sie meint mit ausgesperrt.

„Mein kleiner Sohn hat von innen die Balkontür zugeworfen und ich kann nicht mehr zurück."

Ich erinnere mich an den kleinen lebhaften Jungen, der kaum zwei Jahre alt sein kann.

„Das haben wir gleich! Ich gehe sofort hinauf und erlöse Sie."

„Warten Sie!", wiederholt sie. „Das wird schwierig. Sie müssen wissen, dass auch unser Hund im Zimmer ist."

Auch das noch! Ich mag keine Hunde. Doch das darf ich mir nicht anmerken lassen, weil Henry unser Hotel immer als besonders hundefreundlich anpreist.

„Das macht nichts", beruhige ich sie, obwohl mir überhaupt nicht wohl ist bei dem Gedanken, in ein Zimmer zu gehen, in dem ein Hund ist.

„Unser Hund lässt niemanden herein, wenn ich nicht da bin."

Ich seufze. Das ist wirklich ein Problem, das ich nicht lösen kann.

„Kann Ihr Junge nicht die Tür öffnen?"

„Nein, das schafft er nicht. Ich habe nur Angst, dass er den Hund ärgert."

Mit Schrecken erinnere ich mich an Lena, die von ihrem Hund in die Schulter gebissen wurde, als sie ihn ärgerte. Der Junge ist also in echter Gefahr.

Ich schaue wieder hinauf zum Balkon. Für eine Leiter ist er viel zu hoch. Was kann ich nur tun?

„Auch mein Handy ist im Zimmer."

„Soll ich Ihren Mann anrufen?"

„Das hat keinen Zweck, der ist hinauf zum Loser und kommt erst gegen Abend zurück."

Wer könnte helfen? Die Polizei? Oder die Feuerwehr? Sie würden für Unruhe sorgen und wohl einiges kaputt machen, wenn sie mit Gewalt ins Zimmer eindringen. Doch daran darf ich jetzt nicht denken. Es geht um ein Kleinkind, das mit einem wachsamen Hund im Zimmer eingesperrt ist.

Ob Alex helfen könnte? Er ist Tierarzt und weiß, wie man mit Hunden umgeht. Doch er wird um diese Zeit nicht daheim sein und seine Handynummer habe ich nicht. Ich kann mich nicht einmal an seinen Nachnamen erinnern. Trotzdem gebe ich Tierarzt in mein Handy ein, denn viele Tierarztpraxen wird es in diesem kleinen Ort nicht geben. Tatsächlich finde ich nur zwei

Frauen und einen Mann, der Alexander Gruber heißt. Das muss er sein!

Ich wähle die Nummer und warte. Nach gefühlten unendlich vielen Minuten meldet sich der Anrufbeantworter: „Ich bin im Moment nicht zu erreichen. Bitte hinterlassen Sie eine Nachricht und Ihre Nummer! Ich rufe so bald wie möglich zurück."

Auch das noch! Ich mag nicht auf ein Band sprechen, doch jetzt habe ich keine andere Wahl.

„Alex, ich bin´s, die Hanni. Im Hotel hat sich eine Frau ausgesperrt. Im Zimmer ist ihr kleiner Sohn und ein Hund, der niemanden hineinlässt. Ich hoffe, du kannst helfen. Schnell!"

Doch ich weiß nicht, wann er die Nachricht abhören kann. In der Aufregung habe ich ganz vergessen, meine Nummer anzusagen. Mir ist richtig übel vor Angst, weil mir im Kopf Bilder herumgeistern, in denen der Hund dem Kleinkind etwas zuleide tut.

Sicherheitshalber rufe ich auch in den beiden anderen Tierarztpraxen an. Die eine sagt nur die Öffnungszeiten an von jeweils einer Stunde am Morgen und die andere hat gar keinen Anrufbeantworter.

Nun ist guter Rat teuer. Doch ich kann niemanden fragen, denn um diese Uhrzeit bin ich allein im Hotel. Mir bleibt nichts anderes übrig, als die

Feuerwehr zu rufen. Ich weiß allerdings, dass dort nur Freiwillige arbeiten, die nicht über die zentrale Notrufnummer zu erreichen sind. An der Empfangstheke haben wir einen Zettel mit allen wichtigen Nummern.

*****

Als ich ins Haus eile, stoße ich mit einem Jungen zusammen.

„Ich will zum Leitner", sagt er forsch, doch seine Augen schauen unsicher, direkt ängstlich.

„Herr Leitner ist im Moment außer Haus. Ab etwa 17 Uhr kannst du ihn erreichen."

Der Junge bleibt stehen und versperrt mir dabei den Eingang.

Schließlich sagt er: „Ich warte hier."

„Gut", sage ich und zeige auf die Eckbank gegenüber der Empfangstheke. Dort steht eine blaue Reisetasche und ein rappelvoll gefüllter Rucksack.

„Hast du ein Zimmer reserviert?", frage ich, obwohl wir an Minderjährige ohne Begleitung nicht vermieten.

„Kommt der Leitner da rein?" Er zeigt auf die Tür. „Oder hat er einen privaten Zugang?"

Jetzt wird mir der Bursche zu keck. Was will er von Henry? Eine Lehrstelle? Ich schätze ihn auf etwa vierzehn Jahre, höchstens sechzehn.

„Solltest du eine Lehrstelle suchen, kannst du auch mit mir sprechen. Ich bin Frau Leitner."

Wieder schaut mich der Junge prüfend an, als wolle er mich abschätzen.

„Lehre wäre cool, hab schon auf Ihre Internetseite geguckt. Doch lieber wäre mir was mit Tieren."

Tiere? Siedend heiß fällt mir der Hund im ersten Stock ein. Den hatte ich über den seltsamen Jungen ganz vergessen.

„Im Moment habe ich keine Zeit." Dann reitet mich der Teufel und ich erkläre: „Ich habe nämlich gerade ein Problem mit einem Tier und zwar ein sehr großes."

„Ein großes Tier? Geil!"

„Nein, ein großes Problem."

Ich weiß nicht, warum ich dem Jungen von dem Hund und dem Kleinkind im Hotelzimmer erzähle, aber ich weiß auch nicht, was ich sonst in meiner Not tun kann.

„Keine Panik!", sagt er. „Das schaffen wir."

„Der Hund lässt niemanden ins Zimmer", sage ich noch, doch der Junge winkt ab.

„Das kriege ich hin."

Wohl ist mir nicht dabei, doch ich habe keine Wahl. Auf Alex zu warten kann ewig dauern. Auch die Feuerwehr wird nicht sofort kommen können, während der Junge direkt hier im Haus steht. Er scheint zu wissen, was zu tun ist, wirkt ruhig und selbstsicher, obwohl er ein recht schmächtiges Kerlchen ist. Allerdings habe ich für alles, was jetzt passiert, die volle Verantwortung. Mir ist entsprechend unwohl, als ich den Universalschlüssel aus dem Safe hole und mit dem Jungen die Treppe hinaufsteige.

„Ich bin der Finn", sagt er und setzt sich direkt vor die geschlossene Tür. „Gehen Sie zur Seite und halten den Mund!"

Erschrocken schnappe ich nach Luft. Doch vielleicht ist es nicht so böse gemeint wie es klingt, sondern nur die jugendlich ausgedrückte Bitte, still zu sein.

Finn kratzt leise mit seinen Fingernägeln an der Tür. Das Kratzen wiederholt er mehrmals. Jetzt höre ich ein deutliches Schniefen. Offenbar befindet sich der Hund genau hinter der Tür.

„Alex! Geh weg da!", höre ich eine helle Kinderstimme.

Automatisch drehe ich mich um, weil ich hinter mir Alex erwarte. Doch da ist niemand.

„Guter Hund!", höre ich Finn murmeln und ich begreife, dass der *Hund* Alex heißt. Genau wie der Tierarzt. Ich überlege, wo ich das schon einmal gehört habe. Richtig! Der große schwarze Hund, der in den Pool sprang, heißt ebenfalls Alex. Sofort wird mir noch ängstlicher zumute, weil der Hund so groß und lebhaft ist und im Moment mit einem unberechenbaren Klein-kind eingesperrt.

Alex bellt auf einmal laut und energisch, was mich zusätzlich erschreckt. Vielleicht hat der Kleine genau wie Lena auf das Tier einge-hauen. Diese Aktion kann gar nicht gut gehen!

„Wir rufen lieber die Polizei oder die Feuer-wehr", schlage ich vor.

„Ruhig Blut! Der Hund ist selbstsicher, also kein Angstbeißer. Mit einem Angstbeißer hätten wir ein echtes Problem."

Das verstehe ich nicht. Denn meiner Meinung nach kann man einen ängstlichen Hund leicht einschüchtern und somit besser kommandieren als ein dominantes Tier. Ich fürchte, der Hund wird Finn anfallen und beißen.

„Mir ist nicht wohl dabei. Ich möchte nicht, dass dir oder dem kleinen Jungen da drin etwas pas-siert."

„Was glauben Sie, was die Feuerwehr macht? Wenn die sich nicht mit Hunden auskennen, brechen sie einfach die Tür auf. Meinen Sie, der Hund bleibt dabei ruhig?"

Das klingt logisch, obwohl ich eher an die lange Feuerwehrleiter dachte, die sicher bis hinauf zum zweiten Stock reicht. Daran könnte die Frau herunterklettern, von außen die Tür zum Appartement öffnen und gefahrlos hineingehen.

„Ruhig Blut!", sagt Finn noch einmal und lächelt

mich an.

Er strahlt eine für sein junges Alter unglaubliche Ruhe aus und mir bleibt nichts anderes übrig, als ihm zu vertrauen.

„Woher weißt du, dass der Hund dominant und trotzdem ungefährlich ist?"

„Ein selbstbewusster Hund hat eine sehr hohe Reizschwelle. Er beobachtet und entscheidet. Ein ängstliches Tier dagegen gerät schnell in Panik und beißt wild um sich."

„Aber woran erkennst du das? Du hast den Hund nicht gesehen!"

„Aber ich habe ihn gehört. Alex bellt ein langsames und tiefes Wuff-Wuff. Hätte er Angst, würde es hoch und schnell wawawa-wawawa klingen."

Ich verstehe gar nichts. Für mich klingt jedes Bellen gleich. Bei kleinen Hunden höher und bei großen tiefer.

„In Ordnung", sage ich seufzend. „Versuche dein Glück. Ich halte die Daumen."

„Ich gehe jetzt rein", sagt Finn und öffnet die Tür.

Breitbeinig und sehr gerade steht er im Türrahmen, während der Hund wütend kläfft.

„Platz!", befiehlt Finn leise.

Seltsamerweise hört das Bellen sofort auf. Ich halte die Luft an und bitte in Gedanken sämtliche Götter und Engel um Beistand, damit dem

Kleinkind und auch Finn nichts passiert. Nicht auszudenken, wenn jemand zu Schaden käme.

Langsam, aber mit festem Tritt geht Finn ins Zimmer. Dabei streckt er die Hand zur Seite in Richtung des Hundes und sagt ruhig: „Bleib!"

Nun kann ich Finn nicht mehr sehen und halte die Luft an, als könne der kleinste Atemzug das Tier zum Angriff reizen. Ich höre nichts außer Finns Schritten. Endlich schnappt ein Schloss. Das muss die Balkontür sein! Ich falte meine Hände und quetsche die Finger. Mir scheint, es dauert eine Ewigkeit, bis ich ein Klatschen und dann die ruhige Stimme der Frau höre: „Hier!"

Hat sie jetzt den Hund oder ihr Kind gerufen?

Ich lausche angespannt und höre Füße trappeln, Lachen und mehrere Stimmen. Erleichtert trete ich ins Zimmer und stehe dem großen Hund gegenüber, der mich drohend anknurrt. Ich bin starr vor Schreck und halte ängstlich die Luft an.

„Hier!", ruft die Frau noch einmal und der Hund trottet zu ihr, ohne mich aus den Augen zu lassen. „Er ist nur ein wenig nervös nach all der Aufregung", erklärt sie und bittet für all die Unannehmlichkeiten um Entschuldigung.

„Die Kinder sind wohlauf?", erkundige ich mich.

„Darf ich ihnen ein Eis spendieren?"

„Ja!", jubelt das Mädchen und seine Mutter

nickt mir lächelnd zu.

„Mit Schoko! Mit Banane!", rufen die Kinder durcheinander und ich bin froh, endlich etwas tun zu können.

Als ich das Eis nach oben trage, sehe ich Finn auf dem Teppich sitzen und den Hund kraulen.

„Du hast was gut bei mir", sage ich zu ihm.

Finn

„Was möchtest du trinken?"

„Hollermost, wenn´s geht."

Ich lächle und denke an Henry, der ebenfalls am liebsten Hollermost trinkt.

„Soll ich dir eine Brettljause richten?"

„Saugern! Bin hungrig wie ein Wolf."

Saugern habe ich bisher noch nie gehört und amüsiere mich darüber.

„Ich bin gleich zurück", sage ich und ziehe mich in die Küche zurück.

In wenigen Minuten habe ich auf einem Teller Käse, Verhackerts und Schweinsbraten ange-richtet und mit Paprikaringen, Tomaten und Ei garniert, dazu zwei Gewürzgurken, etwas Kren, Butter und Brot.

Direkt gierig stürzt sich Finn darauf. Genau wie Henry und Falko legt er beim Essen den linken Unterarm auf den Tisch und beißt abwechselnd vom Brot und Fleisch ab. Ich mag diese typisch männliche Art nicht, so nachlässig zu essen. Doch einem Mann kann man schlecht sagen, dass er gerade sitzen, sich nicht aufstützen und das Brot zum Munde führen soll statt sich zum Tisch herunter zu beugen. Finn könnte man diese schlechte Angewohnheit noch abgewöhnen, doch er ist ein fremdes Kind.

„Was willst du eigentlich von meinem Mann?"

„Ist was Privates."

Um eine Lehrstelle geht es also nicht. Vielleicht möchte der Junge mit Henry auf eine Bergtour. Er nimmt manchmal Jugendliche mit hinauf auf den Loser. Im Moment ist er sowieso mehr unterwegs als im Hotel. Doch gegen 17 Uhr ist er meist zurück. Darauf besteht Ottilie, weil es schon immer so gewesen ist, dass sich der Gastwirt zur Hauptmahlzeit im Lokal sehen lässt. Und so soll es für alle Zeiten bleiben. Das Essen wird zwar erst ab 18:30 Uhr serviert, doch Henry schaut vorher, ob alles gut vorbereitet ist oder ob er noch irgendwo eingreifen oder etwas besorgen muss.

Mein Telefon klingelt. Es ist Alex.

„Tut mir leid. Ich konnte nicht eher zurückrufen, eine Kuh lag fest. Ich bin gleich bei dir."

„Das brauchst du nicht, alles ist in Ordnung."

Doch Alex hat bereits aufgelegt und meine Antwort nicht mehr gehört.

Nur wenige Minuten später stürmt er ins Hotel und ruft: „Wo ist das Zimmer, in dem der Hund mit dem Kind eingesperrt ist?"

Ich gehe ihm entgegen, halte seinen Arm fest und zeige auf Finn.

„Dieser junge Mann hat uns gerettet. Setz dich zu uns und lass dir die Geschichte in Ruhe erzählen!"

Finn macht nicht viele Worte, sondern berichtet knapp und ohne auszuschmücken. Das gefällt mir. Der ganze Junge gefällt mir und kommt mir irgendwie bekannt vor. Vermutlich war er schon einmal hier im Urlaub.

„Stell dir vor, der Hund heißt Alex wie du!"

„Ein Labrador", ergänzt Finn.

Alex schnalzt mit der Zunge.

„Labradore sind wunderbare Familienhunde: freundlich, intelligent, kontaktfreudig, zutraulich und sanftmütig. Aber er ist sehr anhänglich und passt gut auf seine Familie auf." Er lächelt Finn an und klopft ihm auf die Schulter. „Ich habe auch einen großen Hund, einen Berner Senne, der gut auf meine kleine Tochter aufpasst."

Dass Patty seine Tochter gebissen hat, hat er wohl vergessen?

„Du bist nicht hier aus dem Ort?", erkundigt sich Alex.

Finn schüttelt den Kopf und murmelt: „Hab was

143

zu erledigen. Dann verschwinde ich wieder."

Das klingt nicht nach einer Bergtour.

„Er wartet auf meinen Mann", erkläre ich Alex. Und an Finn gewandt: „Er kommt gegen 17 Uhr, hat aber wenig Zeit, weil er sich um seine Gäste kümmern muss."

Finn zuckt mit der Schulter und wendet sich an Alex: „Darf ich den Berner mal sehen? Ich mag große Hunde, eigentlich alle Tiere, doch Hunde ganz besonders."

„Kannst gleich mitkommen, wenn du magst!"

Finn springt auf.

„Cool!"

Dann wendet er sich an mich und fragt: „Darf ich meine Taschen hier stehen lassen?"

Mir gefällt, dass Finn ruhig und selbstbewusst sagt, was er zu sagen hat, kein Schwätzer ist, sondern besonnen handelt. Ich mochte ihn vom ersten Moment an, auch wenn mir irgend etwas seltsam vorkommt. Was es ist, kann ich nicht genau sagen, etwas Geheimnisvolles umgibt ihn, obwohl Finn offen auf mich wirkt.

*****

Mit dem Gongschlag 17 Uhr steht Finn an der Rezeption, doch Henry ist noch nicht da. Ausgerechnet heute! Er wird doch nicht auf einen Berg gestiegen sein, ohne mir etwas zu sagen?

Gewöhnlich ruft er an, falls er länger unterwegs ist. Hoffentlich ist ihm nichts passiert.

„Am besten, du kommst morgen wieder."

Heftig schüttelt der Junge den Kopf und sagt sehr entschieden: „Ich warte, notfalls die ganze Nacht."

„Das geht nicht. Wir vermieten nicht an Kinder und Jugendliche ohne Begleitung."

„Mein Vater kommt noch."

„Habt ihr reserviert?"

Das ist eine automatische Frage, obwohl ich weiß, dass kein einziges Zimmer mehr frei ist und keine Reservierung vorliegt. Ich überlege, ob ich eine Buchung übersehen habe und blättere sicherheitshalber im Reservierungsbuch, kann aber keinen Eintrag finden.

Finn schüttelt den Kopf und schaut mich von unten her an, was auf mich etwas unsicher und gleichzeitig trotzig wirkt.

„Tut mir leid. Wir haben kein einziges freies Zimmer mehr."

„Macht nichts. Ich warte trotzdem auf ihn."

Will er auf seinen Vater warten oder auf Henry? Oder auf beide?

„Soll ich in einem anderen Hotel nachfragen, ob es freie Zimmer gibt?"

Wieder schüttelt Finn den Kopf.

„Darum soll sich mein Vater kümmern."

*****

Henry kommt auch nicht zum Abendessen. Auch Finns Vater lässt auf sich warten. Mir tut der Junge leid und ich staune, mit welcher Geduld er seit vielen Stunden klaglos wartet.

Ich habe schon mehrmals versucht, Henry auf seinem Handy zu erreichen, doch es gibt keine Verbindung. Deshalb glaube ich, dass er tatsächlich auf einen Berg gestiegen ist, wo es keinen Empfang gibt. Falls er bis zum Dunkelwerden nicht daheim ist, rufe ich die Bergwacht an.

Doch vielleicht hat er sein Handy absichtlich ausgeschaltet, um nach dem ganzen Ärger um Resi und ihre Schwangerschaft Ruhe vor mir zu haben. Ich konzentriere mich darauf, meinen Zorn in den Griff zu bekommen, denn ich will der Familie nicht zeigen, wie sehr mich Henrys Verhalten verletzt.

Es ist nur ärgerlich, dass Henry ausgerechnet heute nicht wie üblich pünktlich im Hotel erscheint, da Finn seit Stunden vergebens auf ihn wartet. Wenn wenigstens der Vater des Jungen endlich käme! Ich kann das Kind nicht einfach wegschicken, kann es aber auch nicht hierbehalten.

„Hast du deinen Vater mal angerufen?"

Wieder dieses Kopfschütteln.

„Dann mach es bitte sofort!"

Die Kinder daddeln den ganzen Tag auf ihren Smartphones und jetzt, wo es nötig wäre, fällt ihnen nicht ein, einfach anzurufen und zu fragen, wo der Vater bleibt. Finn reagiert nicht.

„Was ist?", frage ich leicht gereizt.

„Hab gar kein Handy."

Das glaube ich jetzt nicht. Schon die kleinen Schulanfänger haben immer und überall ein Telefon dabei. Finn ist mindestens vierzehn Jahre alt. Doch ich kann ihm nicht einfach auf den Kopf zusagen, dass er lügt. Ich reiche ihm mein Handy, doch der Junge greift nicht zu. Was soll das bedeuten? Langsam werde ich ärgerlich.

21 Uhr. Ata, Ottilie, Veronika und auch Falko sitzen am Familientisch, nur Henry fehlt.

„Wer ist das?", fragt Ottilie streng und zeigt auf Finn.

„Das ist Finn, er hat uns und unseren Gästen heute sehr geholfen. Zur Belohnung darf er mit uns zu Abend essen."

Ich stupse gegen die Schulter des Jungen und zeige auf Henrys Platz. Mein Mann kann sich später selbst einen Teller und Besteck holen. Bevor jemand eine Frage stellen kann, erzähle ich die heikle Geschichte von der Frau, die mit ihrem kleinen Mädchen auf dem Balkon ausgesperrt war, während ihr großer Hund im Hotelzimmer ein Kleinkind bewachte und keinen hereinlassen wollte. Während ich die Rettung detailliert beschreibe, isst Finn eilig, als würde ihm jemand etwas wegnehmen, mehrere Knödel und Fleisch. Von Gemüse scheint er nicht viel zu halten.

„Du bist ein tüchtiger Bursche", lobt Ata den Jungen, während mich Ottilie strafend anschaut.

Mir ist klar, dass ich ein großes Risiko eingegangen bin und seufze erleichtert, weil alles gut ausging und keinem etwas passierte.

Dann erkläre ich, dass Finn auf seinen Vater wartet, der sich wohl verspätet.

„Eigentlich wollten beide hier im Hotel übernachten, aber ich finde keine Reservierung. Leider ist kein einziges Zimmer mehr frei."

Fragend schaue ich Veronika an, die manchmal vergisst, eine Reservierung einzutragen. Doch sie zuckt nur mit der Schulter.

„Was machen wir nur mit dir?", frage ich mitfühlend und schaue Finn dabei an.

„Ich bin letzten Freitag fünfzehn geworden."

„Oh! Ich gratuliere dir von Herzen und wünsche dir alles Gute und ganz viel Glück."

„Glück kann ich gebrauchen", sagt er seufzend.

Seinen Blick kann ich nicht deuten. Es ist wie vorhin eine Mischung aus Trotz und Hilflosigkeit. Dann strafft er seine Schultern und schaut mir fest in die Augen.

„Meine Mutter lässt den Herrn Leitner durch mich grüßen."

„Wer ist denn deine Mutter?"

„Sie heißt Marie Pichler und hat mal hier gearbeitet."

„Das ist ja nett. Grüße sie unbekannterweise von uns zurück."

„Geht nicht. Meine Mutter ist tot. Seit zwei Wochen."

Das tut mir aufrichtig leid. Sofort stehe ich auf, gehe hinüber zu Finn und umarme ihn tröstend. Ich ergreife seine Hand und setze mich neben ihn.

„Mein Beileid", murmeln wir alle der Reihe nach betroffen.

„War ein Unfall."

„Wie schrecklich!", rufe ich aus.

„Macht nix. Ich kannte sie gar nicht."

Irritiert schauen wir uns an. Finn kennt seine Mutter nicht? Also ist er bei seinem Vater aufgewachsen.

„Wo bleibt dein Vater nur so lange?"

„Keine Ahnung."

Irgend etwas kommt mir auf einmal seltsam vor. Finn kennt seine Mutter nicht, soll Henry aber von ihr grüßen. Er wartet auf seinen Vater, weiß aber nicht, wann er kommt. Er hat kein Handy und kann seinen Vater nicht anrufen. Mir

149

scheint, der Junge hat sich die Geschichten nur ausgedacht. Ich vermute, dass er irgendwo fortgelaufen ist und jetzt nicht mehr weiterweiß.

„Wie können wir dir helfen?", fragt Ata mitfühlend.

Er nervt die Leute nicht mit peinlichen Fragen, sondern möchte wissen, was er tun kann.

Ottilie packt plötzlich Finn am Arm und befiehlt: „Du wirst uns jetzt sagen, wer du bist und was du von uns willst!"

Offenbar hat auch sie ihre Zweifel an Finns Geschichte.

„Ich heiße Finn Pichler und warte auf meinen Vater", antwortet er trotzig, verschränkt die Arme und schaut mich hilfesuchend an.

„Was genau willst du von meinem Mann?", frage ich und ergreife wieder seine Hand. „Du sagtest, du musst mit ihm etwas Privates besprechen."

Doch Finn antwortet nicht. Er schweigt. Wenn er nicht spricht, kann ich ihm auch nicht helfen. Hierbleiben kann er jedenfalls nicht. Auf den Vater, den es möglicherweise gar nicht gibt, mag ich nicht mehr warten. Da es inzwischen 22 Uhr ist, beschließe ich, die Polizei zu verständigen. Soll die sich um den Jungen kümmern.

Plötzlich kichert Veronika und fragt: „Weißt du,

wann genau deine Mutter hier im Hotel gearbeitet hat?"

Finn schüttelt den Kopf.

„Ist schon ne Weile her."

„Vor etwa sechzehn Jahren vielleicht?"

Worauf will Veronika hinaus? Da war sie noch lange nicht hier, kann also diese Marie gar nicht kennen.

„Könnte hinkommen", murmelt der Junge, senkt den Kopf und schielt von unten her zu mir.

„Wusste ich´s doch!", kreischt Veronika und haut sich dabei auf die Schenkel.

Was ist nur in sie gefahren?

„Wenn ich das meinen Freunden erzähle! Das glaubt mir kein Mensch!"

„Bist du still? Sofort!", zischt Ottilie. „Die Leute schauen schon."

Doch Veronika hört nicht auf sie. Sie haut mit der flachen Hand auf den Tisch und johlt: „Der Junge wartet auf seinen Vater. Und wer ist wohl sein Vater?" Sie kreischt laut auf. „Ich fasse es nicht! Kind Nummer Vier! Nein, Kind Nummer Drei, das vierte ist noch im Rohr. Ich lache mich schlapp!"

Fassungslos starre ich Veronika an. Meint sie wirklich, Finn wartet auf Henry, weil er diesen für seinen Vater hält? Das halte ich für komplett unmöglich. Es wird sich alles aufklären.

„Du hältst jetzt den Mund!", zischt Falko leise

seiner Schwester zu. Dann wendet er sich an mich. „Wenn du nichts dagegen hast, warten wir bei dir im Haus auf Henry."

Ich bin völlig durcheinander und nicke stumm mit dem Kopf.

Veronika lacht noch immer, steht auf und verkündet: „Ich bin dabei! Diese geile Story lasse ich mir nicht entgehen!"

Auf Veronikas bissige Bemerkungen würde ich gern verzichten.

Deshalb sage ich: „Ich mach das lieber allein!", und überlege, ob ich Finn mitnehme oder nicht.

Hilfesuchend sehe ich Ata an, denn ich mag nicht die ganze Familie dabei haben, wenn Henry nach Hause kommt und sich vor allen erklären muss.

„Es ist besser, wenn wir dich unterstützen und du das nicht allein durchstehen musst."

Er meint es sicher gut, doch mir ist die ganze Situation äußerst unangenehm, obwohl ich natürlich unbedingt wissen will, ob Finn tatsächlich Henrys Sohn ist.

„Papperlapapp!", beendet Ottilie die Diskussion. „Wir warten alle zusammen im Haus."

Falko nimmt meinen Arm und winkt Finn, uns zu folgen. Veronika steckt sich eine Zigarette an und fragt den Jungen, ob er auch eine will. Der schüttelt den Kopf, nachdem er Ottilies drohenden Blick gesehen hat. Sie bildet mit Ata im

Rollstuhl das Schlusslicht. Ich höre sie leise reden, kann aber die Worte nicht verstehen.

*****

Veronika geht in meine Küche, holt ungefragt eine Flasche Wein aus dem Regal und gießt sich ein Glas ein, was ihr einen strafenden Blick von Ottilie einbringt. Doch sie lässt sich nicht beirren, fläzt sich aufs Sofa und legt die Beine auf den Couchtisch. Ich bin es gewöhnt, dass Veronika nur sich selbst bedient, ohne auf andere zu achten.

„Was möchtet ihr trinken?", frage ich in die Runde.

„Ich mach das!", bietet Falko an und serviert Rotwein für mich und Ottilie, Most für Finn und Bier für Ata und sich selbst.

„Hätte ich geahnt, was bei euch los ist, wäre ich schon viel früher hier eingezogen", ruft Veronika vergnügt aus. „Ich freue mich schon auf die Gesichter meiner Freunde, wenn ich ihnen davon erzähle."

„Nichts wirst du erzählen! Gar nichts! Du wirst deinen Mund halten, sonst fliegst du in hohen Bogen vor die Tür", befiehlt Ottilie ganz außer sich vor Zorn. „Hast du mich verstanden?"

„Omilein", säuselt Veronika und lächelt süßlich dazu, um gleich darauf wieder lauthals zu lachen. „Ich bin die Tochter des Hauses. Schon vergessen?"

„Das Haus gehört immer noch mir!", faucht Ottilie.

Das wusste ich nicht. Ich dachte, es gehöre Henry und demzufolge zum Teil auch mir.

„Ebenso das Hotel. Du bist eine Dahergelaufene ohne jede Ausbildung und taugst für keine einzige Arbeit. Wir können leicht auf dich verzichten. Du kostest ohnehin nur unnütz Geld."

Veronika klopft Finn auf die Schulter.

„Brüderchen, wir müssen zusammenhalten, damit uns die Alte nicht rausschmeißt."

Wieder lacht sie, während Finn den Kopf zwischen seinen Schultern einzieht.

„Übertreibe es nicht, Vroni!", mahnt Falko.

Ottilie ist zwar herrisch und grob, doch sie ist nicht empfindlich und auch nicht nachtragend. Das ist es, was ich an ihr schätze. Sie packt ohne Zaudern zu, teilt aus, kann aber auch einstecken.

„Mein Gedächtnis lässt mich so langsam im Stich, denn ich kann mich beim besten Willen nicht an eine Marie erinnern."

Alle reden und spekulieren wild durcheinander, als die Tür aufgeht und Henry hereinkommt.

„Was ist hier los?", will er wissen.

Seine Stimme klingt unsicher. Vermutlich glaubt

er, wir sitzen wegen Resis Schwangerschaft hier beisammen und wollen ihm ins Gewissen reden. Doch um Resi geht es nicht.

„Wo warst du?", frage ich.

„Das geht dich nichts an!"

„Setz dich und halt den Mund!", befiehlt Ottilie.

„Dieser Junge", sie zeigt auf Finn, „behauptet, seine Mutter sei Marie."

„Na und?"

Henry zuckt mit der Schulter und lächelt schief.

„Du bist mein Vater", ergänzt Finn leise.

„Du spinnst!"

Bevor Henry noch etwas sagen kann, wiederholt Ottilie, dass er den Mund halten soll.

An Finn gewandt fordert sie: „Hast du Beweise für deine Behauptung?"

Finn kramt aus seiner Tasche zwei Fotos und einen Zettel hervor

„Ich bin im Heim aufgewachsen. Meine Mutter konnte oder wollte mich nicht behalten. Als sie vor zwei Wochen starb, gab man mir eine kleine Schachtel mit Fotos und so'n Kram."

Er reicht Ottilie zwei Bilder, die sie lange betrachtet.

„Jetzt erinnere ich mich an das Mädchen. Sie war hübsch und tüchtig und eines Tages plötzlich verschwunden." Sie wendet sich an Henry.

„Du hattest ihr den Restlohn ausgezahlt, nicht wahr?"

„Und nicht nur das! Hier ist noch ein Brief, eine Art Urkunde ... der Beweis sozusagen."

Finn faltet den Zettel auseinander und legt ihn auf den Tisch. Henry greift danach, überfliegt ihn kurz und wirft ihn zerknüllt auf den Boden.

„Gib ihn mir!", ordnet Ottilie an und bewegt energisch ihre Finger.

Laut liest sie: „Einmalige Abfindung in Höhe von 3.000 Euro. Darüber wird absolutes Stillschweigen bewahrt. 17.03.2004. Henry Leitner. Das ist deine Schrift." Sie haut mit ihrer Hand auf den Tisch. Ihr Gesicht ist puterrot angelaufen und ich sehe ihr an, dass sie sich nur mühsam beherrscht: „Das ist Bestechung! Worüber sollte Marie schweigen? Dass du sie geschwängert hast?"

„Genau wie bei meiner Mutter!", verkündet Veronika und klatscht in ihre Hände, als hätte sie gerade etwas ganz Wunderbares erfahren.

Doch nichts ist wunderbar, ganz im Gegenteil! Mir zittern die Beine und ich habe das Gefühl, gleich unter den Tisch zu rutschen. Dabei ist mir auf einmal derart übel, dass ich mich übergeben muss, doch ich schaffe es nicht, aufzustehen und quer durch den Raum die vielen Schritte bis zum Bad zu laufen.

„So eine Sauerei!", schimpft Falko leise.

Henry springt auf und brüllt: „Das beweist gar nichts!"

„Ich könnte auf einem Vaterschaftstest bestehen", überlegt Finn laut.

„Du frecher Fratz!", schreit ihn Henry an. „Es setzt gleich was!"

Finn zuckt mit der Schulter.

„Prügel bin ich gewöhnt. Aber du kannst dich beruhigen, ich will kein Geld. Ich wollte nur mal sehen, wie es sich so lebt in einem Luxushotel. Dann verschwinde ich wieder."

„Aber wo willst du hin mitten in der Nacht?", frage ich besorgt.

„Mir doch egal. Ich finde immer was. Jedenfalls nicht zurück ins Heim."

„So geht das nicht!", bestimmt Falko. „Du bleibst heute Nacht bei uns und morgen finden wir eine Lösung, die dir gefällt."

„Bei dir spinnt´s!", schreit Henry. „Das ist *mein* Haus."

„Und es ist *dein* Kind!", sage ich leise. „Finn bleibt bei uns. Ich werde ihm das Gästezimmer herrichten."

Nachtgespräch

Als wir weit nach Mitternacht endlich im Bett liegen, möchte ich mit Henry in Ruhe über Finn und Marie sprechen.

„Wozu?", fragt er erstaunt.

157

„Hast du nicht das Bedürfnis zu reden?"

Mir würde der Junge keine Sekunde aus dem Kopf gehen. Ich würde überlegen, wie ich ihm helfen und wo ich ihn unterbringen kann. Ich würde mich an seine Mutter erinnern und wissen wollen, wie sie gelebt hat und woran sie gestorben ist. Mich würden all diese Fragen beschäftigen, über die ich mit jemandem, der mir nahesteht, reden müsste.

„Wie kommst du darauf?"

Wie ich darauf komme? Ich weiß, dass Henry alles mit sich selbst ausmacht, doch dieses aktuelle Problem muss unbedingt in der Familie besprochen werden, weil es alle betrifft. Noch bin ich seine Frau und habe bei unserer Heirat versprochen, in guten wie in schlechten Zeiten für meinen Mann dazusein.

„Weil Gespräche die Grundlage für jede Beziehung sind."

Das gilt auch heute, obwohl ich unsere Ehe beenden will. Versteht er das nicht? Ich möchte ihm helfen, eine Lösung für Finn zu finden. Oder sieht Henry gar kein Problem? Die Katastrophe prallt an ihm ab, erreicht ihn gar nicht.

„Ich kann dir nicht mehr vertrauen", sage ich wütend und zugleich enttäuscht.

„Das sagtest du gestern bereits."

„Gestern? Was meinst du?"

Gestern wussten wir noch nicht, dass es Finn

gibt und schon gar nicht, dass er hier plötzlich vor der Tür steht.

„Wozu sollte ich mit dir reden? Du willst dich scheiden lassen! Schon vergessen?" Er dreht mir den Rücken zu. „Lass mich endlich in Ruhe schlafen!"

An seinen regelmäßigen Atemzügen höre ich, dass er sofort eingeschlafen ist. Wie kann er jetzt schlafen? Hat der Mann kein Gefühl? Und wenn schon! Für Finn trägt er auf jeden Fall die Verantwortung.

Ich finde keine Ruhe, zumal über mir laute Musik dröhnt und Veronika zum Takt der dumpfen Bässe mit den Füßen stampft. Henry hört das nicht. Er schläft.

Auf meiner Haut sticht es wie tausend Nadeln. Was ist das? Ich spüre einen unangenehmen Druck im Kopf und mir laufen Schweißtropfen übers Gesicht, den Hals entlang und zwischen den Brüsten hinunter. Mir ist heiß.

Ich schlüpfe aus dem Bett und ziehe mir den Kimono über. Ins Gästezimmer kann ich nicht ausweichen, dort schläft Finn. Auch auf dem Sofa mag ich nicht liegen, weil mich Veronika sehen könnte, wenn sie in der Nacht den Kühlschrank plündert. Sie holt sich gern Sekt zu später Stunde oder brät sich ein Schnitzel oder Spiegeleier, was ich am Morgen am jeweils benutzten Geschirr erkenne.

Leise öffne ich die Terrassentür und gehe hinaus in den Garten. Der Mond leuchtet wie eine Kugellampe, so dass ich Sträucher und Liegestühle deutlich erkenne. Die Nacht ist mild und ich setze mich auf eine Bank.

Finns Erscheinen hat zwar das berühmte Fass zum Überlaufen gebracht, doch meinen Plan, sofort zu verschwinden, ausgebremst. Ich darf den Jungen jetzt nicht im Stich lassen, denn ich habe ihm Hilfe versprochen. Allerdings weiß ich beim besten Willen nicht, was ich für ihn tun kann.

Vielleicht hat Alex eine Idee. Er kennt viele Leute, die Tiere haben und die vielleicht einen Lehrbuben suchen.

Alex! Er hat mich heute so besorgt und gleichzeitig liebevoll angeschaut, dass mir ganz warm ums Herz wurde. Auch jetzt, wenn ich an ihn denke, fühle ich, wie gern ich ihn mag. Seine Frau kann sich glücklich schätzen, solch einen zuverlässigen Mann und dazu ein hinreißendes Töchterchen zu haben.

Mir fallen meine sündigen Träume ein, in denen ich mit Alex das Kopfkissen teilen und er ein Kind mit mir wollte. Träume sind angeblich heimliche Wünsche. Das glaube ich nicht. Ich glaube eher, ich träume ständig von eigenen

Kindern. Und weil Henry keine Kinder mit mir haben will, mogelt mein Unterbewusstsein Alex dazu, den einzigen Mann, den ich hier kenne.

Plötzlich sehe ich eine Bewegung am Zaun. Ein Tier? Nein, da steht ein Mann. Er winkt mir zu.
„Ich bin´s, Alex."

Mir ist es gar nicht recht, dass er mich hier im Nachthemd, Kimono und mit bloßen Füßen sieht. Doch er kommt näher.

„Du siehst bezaubernd aus", sagt er leise. „Ich wusste gar nicht, dass du so wunderschöne lange Haare hast."

Kein Wunder, denn bisher kannte er mich nur mit strenger Hochsteckfrisur.

„Diese prächtigen Locken möchte ich berühren, anfassen, durchwuscheln."

Was redet er da? Sofort werde ich rot und hoffe, dass dies im Mondlicht nicht zu sehen ist.

„Gerade habe ich an dich gedacht", stottere ich etwas verlegen.

„Ja?", ruft er erfreut aus. „Ich gehe jeden Abend hier vorbei und schaue, ob Licht bei dir brennt."
„Warum?", frage ich leise.

Warum will er wissen, ob bei mir am Abend Licht brennt?

„Das sage ich dir gleich. Doch zuerst sagst du mir, warum du an mich gedacht hast und was du gedacht hast!"

„Es geht um Finn."

„Finn? Der Junge, der heute hier war?"

Ich nicke und sehe, dass Alex enttäuscht den Kopf sinken lässt.

„Kennst du jemanden, der einen Lehrbuben sucht, der gern mit Tieren arbeitet?"

Er zuckt mit der Schulter und wirkt etwas hilflos.

„Ich dachte, du sehnst dich nach mir", gibt er zerknirscht zu.

Wie kommt er darauf?

„Ich sorge mich um Finn."

„Und wieso?"

Das klingt sehr verärgert.

„Er ist Henrys Sohn", ergänze ich.

„Was?", ruft Alex aus.

Dann ergreift er meine Hände, umfasst sie und drückt sie gegen seine Brust. Mir ist, als durchzuckt mich ein Blitz vor Freude. Doch gleichzeitig überkommt mich ein großer Kummer, der mich fast erdrückt. Ich ziehe langsam meine Hände zurück und rücke ein Stück von Alex ab.

Mir ist zum Heulen zumute. Am liebsten würde ich ihm alles erzählen. Dass mein Mann drei Kinder mit drei verschiedenen Frauen hat und das vierte Kind mit der vierten Frau unterwegs ist, er aber kein Kind mit mir will. Doch was sollte das bringen? Erwarte ich Mitleid von ihm? Eheprobleme auszuplaudern empfinde ich als Verrat am Partner, obwohl ich längst die Scheidung will. Der Gedanke, mich von Henry zu trennen, stimmt mich trotzdem traurig.

„Weinst du?"

Ich schüttle den Kopf. Es ist nicht gut, sich bei einem fremden Mann auszuweinen.

Deshalb sage ich: „Mir tut nur der Junge leid, der nicht weiß, wo er bleiben kann. Kannst du dich mal umhören?"

Alex nickt, doch er wirkt irgendwie enttäuscht auf mich. Da fällt mir ein, dass er mir etwas Wichtiges sagen wollte und ich frage ihn.

Wieder nimmt er meine Hände und schaut mir ernst in die Augen.

„Ich habe mich in dich verliebt."

Bestürzt zucke ich zurück. Habe ich ihn zu solch einem Geständnis ermuntert?

„Du kennst mich gar nicht. Und ich kenne dich nicht. Außerdem bin ich verheiratet."

„Ich weiß", gibt er zerknirscht zu. „Doch du solltest es wissen."

„Und deine Frau?"

Ist Alex ebenso wie Henry ein Fremdgänger? Wissen die Männer nicht, wie sehr sie ihre Frauen damit verletzen? Oder ist es ihnen gleichgültig?

„Meine Frau ist vor vier Jahren gestorben, kurz nach Lenas Geburt."

Erschrocken über diese unerwartete traurige Nachricht halte ich meine Hand vor den Mund.

„Das tut mir leid, sehr leid."

Alex umfasst meine Schultern und zieht mich näher zu sich. Ich spüre deutlich, dass er mich küssen will. Doch das will ich nicht. Noch bin ich verheiratet, obwohl ich im Grunde frei bin. Doch Alex weiß nicht, dass ich mich scheiden lassen werde. Deshalb empfinde ich seine dreiste Umarmung als Übergriff. Heftig schiebe ich ihn zurück und stehe auf.

„Was hast du?", fragt er enttäuscht. „Ich spüre doch, dass du etwas für mich empfindest. Lena wäre selig, wenn du ihre Mama wirst. Sie ist ganz vernarrt in dich – wie ich."

Mir geht das entschieden zu schnell und ich will nur noch zurück ins Haus.

„He! Welcher damische Futkarli will das liebe Hannilein besteigen?"

Veronika! Sie hat uns beobachtet und alles mitgehört. Sicher erzählt sie das ungeheuerliche Liebesgeständnis gleich morgen Früh brühwarm Henry und freut sich über den Ärger, den sie damit auslöst. Nun habe ich keine Chance mehr auf eine saubere Scheidung. Veronika ist boshaft genug, noch einige Worte oder gar Küsse hinzuzudichten. Henry wird alles glauben und gegen mich verwenden. Er denkt ohnehin bereits, dass ich mit Alex ein Verhältnis habe.

*****

„Du bist noch nicht im Hotel?", fragt Henry schläfrig, ohne mir einen guten Morgen zu wünschen.

Er geht davon aus, dass ich wie gewohnt zuverlässig meine Arbeit erledige, als hätte es in den letzten zwei Tagen keine schrecklichen Enthüllungen gegeben. Zuerst Resis Schwangerschaft und dann tauchte auch noch Finn auf. Henry tut so, als sei nichts passiert und verliert kein Wort darüber, dass ich ihn gestern um die Scheidung bat. Das verletzt mich zusätzlich. Doch ich reiße mich zusammen.

„Kannst du Resis Dienst übernehmen, bis ich Ersatz für sie gefunden habe?"

Empört schaue ich ihn an.

„Jetzt gehst du zu weit! Das kann deine Tochter übernehmen."

Veronika!

Sie steht vor mir, stützt ihre Hände in die Hüften und lacht mir frech ins Gesicht. „Na, zitterst schon, weil du jetzt auffliegst?" Dann wendet sie sich an Henry und sagt ganz ruhig: „Die türkische Schlampe hat sich heute Nacht mit ihrem Gschpusi verlustiert. Im Garten, direkt unter deinem Schlafstubenfenster."

Sofort steigt mir die Hitze zu Kopf vor Zorn über diese dreiste Lüge.

165

„Das stimmt nicht!"

„Schweig!", befiehlt Henry und packt derb meinen Arm. „Sonst vergesse ich mich." Leise fügt er hinzu: „Ich hätte dir verziehen und mich nicht von dir getrennt. Doch nun weiß ich, was du für eine Person bist."

Das Wort *Person* spuckt er mir direkt abfällig ins Gesicht. Dann geht er davon und schlägt die Tür hinter sich krachend zu, während Veronika schallend lacht.

„So was kommt von so was!", foppt sie mich.

„Bist du jetzt zufrieden?", frage ich. „Wenn du Schneid hast, übernimmst du ab sofort meine Arbeit und beweist deinem Vater, dass ich hier überflüssig bin."

Doch Veronika gießt sich einen Kaffee ein und geht wieder hinauf in ihr Zimmer.

Ich bleibe fassungslos zurück und denke über Henrys Worte nach. *Er* hätte *mir* verziehen? Er weiß nicht, was er redet. Hat er die schwangere Resi und Finn vergessen?

Finn! Ich werde ihn wecken und zum Frühstück ins Hotel einladen.

Henry war bisher immer sehr aufmerksam und freundlich zu mir. Im Grunde war er von seiner Art her genau der Mann, den ich mir immer gewünscht hatte. Ich glaubte, das große Los gezogen zu haben, weil ich gleichzeitig einen wunderbaren Mann, ein Haus und eine gute Arbeit fand. Jetzt stehe ich vor den Scherben meines Glücks und empfinde nur noch Kummer und verletzten Stolz.

Ich mochte schon als Kind keine Abenteuer und ging niemals ein Risiko ein, weshalb ich nicht begreife, warum ich vor zwei Jahren von heute auf morgen meine Eltern und Wien verließ, um mit einem Fremden in der Fremde zu leben.

Obwohl ich keine Erfahrung mit Männern hatte, hätte ich merken müssen, dass mit Henry irgend etwas nicht stimmt. Spätestens in der Hochzeitsnacht hätte ich die Notbremse ziehen müssen, als ich von seinen Kindern Falko und Veronika erfuhr. Zu diesem Zeitpunkt wäre eine Scheidung völlig unkompliziert gewesen, man hätte sie wegen arglistiger Täuschung einfach aufheben können und mir wäre viel Kummer erspart geblieben. Doch ich glaubte, ich hätte die Pflicht, Henrys Vergangenheit zu akzeptieren.

Heute scheint mir, Henry ist über Nacht ein ganz anderer, völlig fremder Mann geworden.

Wie konnte er die schwangere Marie verstoßen, mit Schweigegeld erpressen und sich nie nach seinem Kind erkundigen? Er scheint sich über Finn weder zu freuen noch sich für ihn zu interessieren. Wie ist das möglich?

Wird er für Resi und ihr Kind sorgen? Die fristlose Kündigung lässt ihn offenbar kalt. Hat er mit ihr eine gesonderte Vereinbarung getroffen? Ich weiß das alles nicht, weil er nicht darüber spricht. Er sagt, das hätte nichts mit mir zu tun, doch das hat es sehr wohl.

Was ist Henry nur für ein Mensch? Wie konnte ich mich so täuschen und mir wünschen, mit ihm Kinder zu haben?

Es heißt, in allem Schlechten sei auch etwas Gutes. Heute weiß ich, dass in jedem Guten auch etwas Schlechtes ist. Selbst, wenn man es nicht glauben will. Es ist einfach so! Alles ist im Gleichgewicht: gut und schlecht, Liebe und Hass. Doch im Moment überwiegt für mich eindeutig das Schlechte.

*****

Ich liebe den strukturierten Tag, stehe immer zur gleichen Zeit auf, richte das Frühstücksbuffet für unsere Hotelgäste und setze mich anschließend mit allen an den Familientisch. Wir essen in Ruhe, besprechen den Tag und verabschieden Abreisende. Danach gehe ich nach Hause, putze die Wohnung, kümmere mich um den Garten und helfe Ottilie oder plaudere mit Ata. Erst gegen Abend kehre ich ins Hotel zurück - vorausgesetzt, Veronika löst mich 10 Uhr ab.

Heute sitzt Veronika mit am Frühstückstisch. Das ist ungewöhnlich, denn meist liegt sie um diese Zeit noch im Bett. Wie eine Katze vor dem Mauseloch mustert sie unsere Gesichter und wartet auf den Moment, in dem sie von ihrer Beobachtung heute Nacht erzählen kann, als ich mit Alex draußen auf der Bank saß.

Ich will ihr zuvor kommen und sage: „Henry möchte, dass ich heute Abend das Servieren übernehme, weil Resi nicht mehr zur Verfügung steht. Doch mir wäre es lieber, wenn Veronika einspringt."

„Bist du verrückt?", kreischt sie los. „Ich habe besseres vor, als Leute zu bedienen."

„Wenn du keine Zeit hast, wirst du dir welche nehmen!", bestimmt Ottilie streng.

Ata und Falko nicken zustimmend, Henry tut, als ginge ihn das Gespräch nichts an.

„Die Schlampe ..."

Sie zeigt auf mich, doch Falko unterbricht sie: „Reiß dich zusammen!"

„Ist doch wahr! Sie hat einen Freund, mit dem sie nachts im Garten rummacht."

Ata fährt mit der Hand durch die Luft und alle schauen ihn an. Keiner spricht und wartet auf das, was er zu sagen hat.

„Ist das wahr?", fragt er mich leise.

Ich schlucke die aufkommenden Tränen hinunter, bringe es aber nicht fertig, Ata in die Augen

169

zu schauen und kann nur stumm mit dem Kopf schütteln.

Mir ist das alles zu viel. Zuerst Resis Schwangerschaft, dann Finn und nun die Unterstellung, ich hätte einen Freund.

„Hat es dir die Sprache verschlagen?", fragt Veronika und kichert.

„Du bist still!", sagt Ata streng.

Dann legt er seine Hand auf meinen Arm. Ich schaue ihn an und begreife, dass ich antworten muss.

„Nimm dir Zeit, Mädchen! Du verstehst schon, dass wir eine Erklärung von dir hören wollen."

„Ich konnte nicht schlafen und habe mich draußen auf die Gartenbank gesetzt."

„Mit deinem Gschpusi!", ergänzt Veronika und kümmert sich nicht um die tadelnden Blicke von Ata und Ottilie.

„Nein, es war der Tierarzt Alexander Gruber."

„Wusste ich's doch!", sagt Henry leise und schaut mich verächtlich an.

„Ihr habt euch umarmt! Das habe ich genau gesehen."

„Das stimmt", gebe ich zu. „Alex wollte mich trösten, weil ich geweint habe."

Veronika lacht gehässig, doch sie sagt nichts mehr. Offenbar hat sie das Liebesgeständnis nicht gehört. Und wenn schon! Ich kann es nicht mehr ändern.

Unvermittelt steht Henry auf und verlässt wortlos den Raum. Er glaubt, ich wäre wie er und
hätte genau wie er ein Verhältnis. Das tut mir
sehr weh. Auch Ottilie steht auf und wendet
sich an Veronika.

„Du räumst das Geschirr ab und übernimmst
anschließend die Arbeit an der Rezeption!" Als
Veronika aufbegehren will, befiehlt sie: „Keine
Widerrede!"

Bisher hielt ich Ottilie für herrisch, unduldsam
und teilweise sogar für herzlos. Doch inzwischen ist mir klar, dass sie nur konsequent für
Ordnung sorgt, weil Henry dazu nicht in der
Lage ist. Sie hat ihr Herz am rechten Fleck,
jammert und klagt nicht – sie handelt.

„Und was macht die?"

Veronika zeigt auf mich.

„Das geht dich zwar nichts an, doch sie wird
sich um Finn kümmern."

Falko klopft ihr auf die Schulter und foppt: „Du
schaffst das."

Zu mir sagt er: „Du hast nichts falsch gemacht.
Hör auf zu grübeln!"

Er zieht mich an sich und ich spüre, wie ich
mich sofort entspanne. Dann verlässt auch er
den Tisch und ich bleibe allein mit Ata zurück.

„Du vermisst deine Familie, nicht wahr?"

Sofort brennen meine Augen und mir laufen

Tränen über die Wangen, ich kann nichts dagegen machen. Am liebsten würde ich Ata mein Herz ausschütten, doch das wage ich nicht, denn Henry ist sein Sohn. Ich habe mir das alles selbst eingebrockt und stehe jetzt vor den Scherben meiner Ehe.

„Das Ende einer Ehe ist nicht das Ende des Lebens", versucht er, mich zu trösten.

„Aber es ist das Ende meiner Träume."

Ata nickt.

„Nach nur zwei gemeinsamen Jahren ist eine Trennung noch nicht allzu schwer. Mit den geplatzten Träumen ist das natürlich schwieriger."

„Warum nur hat mich Henry so getäuscht und belogen?", schluchze ich.

Er tätschelt beruhigend meine Hand und lächelt verschmitzt.

„Warum sollte er die Wahrheit sagen? Er lebt mit seinen Lügen ruhiger. Und noch ruhiger lebt er, wenn er gar nichts sagt."

„Und was ist mit mir?", empöre ich mich. „Er lebt mit seinen Lügen ruhiger und ich verzweifle an der Wahrheit."

„Die Wahrheit ist manchmal schön und manchmal hässlich. Auf jeden Fall macht sie dich frei. Man muss frei sein, um mit der Wahrheit leben zu können."

Wie meint er das? Meint er, dass ich jetzt frei nach meinem eigenen Willen entscheiden soll?

„Henry ist ein schwacher Mensch und wird es immer bleiben. Es liegt ganz allein an dir, wie du damit umgehst."

Das ist leichter gesagt als getan.

„Du musst dem Leben vertrauen, weil du nicht beeinflussen musst, was du nicht beeinflussen kannst. Du kannst nicht wissen, wofür eine bestimmte Erfahrung wichtig ist. Es ist wie es ist und für irgend etwas ist es gut."

Wie sollte das, was ich in den letzten beiden Tagen über Henry erfahren musste, für irgend etwas gut sein? Meine Welt ist für mich zusammengebrochen, meine Träume sind zerstört.

Finns Geschichte

Ich sitze allein am Tisch und überlege, ob ich Wurst und Käse in den Kühlschrank räumen soll, als Finn an den Tisch kommt.

„Guten Morgen, du Schlafmütze", begrüße ich ihn scherzhaft.

„Tut mir leid", sagt er zerknirscht. „Habe so fest gepennt wie im ganzen Leben noch nicht."

Ich lächle ihn an.

„Tut mir auch leid, dass ich bei euch alles durcheinander gebracht habe."

„Dir muss nichts leid tun", tröste ich ihn. „Du kannst nichts dafür, dass alles so gekommen ist."

Finn setzt sich und greift beherzt zu. Er probiert sich durch alle Wurst- und Käsesorten und sieht ausgesprochen zufrieden aus.

„Erzähle mir ein wenig aus deinem Leben!", bitte ich ihn.

„Da gibt´s nicht viel. Ich war von Geburt an im Heim. Immer mal wieder wurde eines der Kinder adoptiert oder kam in eine Pflegefamilie. Ich nicht. Jahrelang glaubte ich, dass mich keiner haben will. Erst mit ungefähr sieben oder acht sagte man mir, dass meine Mutter das nicht wollte."

Was wollte sie nicht? Dass er adoptiert wird?

„Ich hatte also eine Mutter, die mich nicht will, und auch nicht will, dass ich eine andere Mutter bekomme. Ich verstand das nicht. Sie hat mich kein einziges Mal besucht und mir keine Karte zum Geburtstag oder Weihnachten geschickt."

Ich streichle sanft über Finns Hand und hätte ihn gern umarmt und an mich gedrückt. Doch mir ist klar, dass er so viel Nähe nicht gewöhnt ist und sie vielleicht nicht erträgt.

„Ich habe mir die ganzen Jahre über eingebildet, dass mich mein Vater sucht und mich eines Tages findet und aus dem Heim holt." Fahrig rubbelt er seine Nase und wischt über seine Augen. „Ich war so schrecklich dumm."

Mir tut das Herz weh, wenn ich mir den kleinen

Jungen vorstelle, der sich nach seinem Vater sehnt, der in Wirklichkeit nichts von ihm wissen will.

„Es ist nicht dumm, wenn man Hoffnung hat."
Finn zuckt mit der Schulter.

„Nur schrecklich sinnlos." Er seufzt und erzählt weiter. „Als ich vom Tod meiner Mutter erfuhr, war ich trotzdem traurig. Dabei habe ich immer gedacht, dass ich sie abgrundtief hasse."

Ich nicke ihm zu und sage: „Das verstehe ich."

„Durch die Fotos in dieser Schachtel weiß ich wenigstens, wie sie ausgesehen hat."

Wieder nicke ich.

„Sie war sehr schön. Deshalb bist auch du so ein hübscher Bursche."

Nun lacht er, wird aber sogleich wieder ernst.

„Unter den Fotos befand sich auch meine Geburtsurkunde mit dem Vermerk: Vater unbekannt. Das war ein krasser Schock für mich und ich fühlte mich ganz allein und verlassen." Finn wischt sich übers Gesicht. „Doch dann fand ich diesen Zettel und habe im Internet nach Henry Leitner gesucht. Von den Fotos wusste ich, dass er in einem Hotel arbeitet und als ich herausfand, dass ihm dieses noble Hotel gehört, beschloss ich, ihn aufzusuchen und gehörig Rabatz zu schlagen."

„Das ist dir auch gelungen", sage ich lachend. „Wie geht es dir jetzt?"

175

Finn zuckt mit der Schulter.

„Hast du Pläne?"

Kopfschüttelnd gibt er zu, dass er nicht weiß, was er machen soll.

„Zurück ins Heim gehe ich jedenfalls nicht!", verkündet er trotzig.

„Du bist erst Fünfzehn, deshalb werden sie dich suchen und auch gegen deinen Willen zurückbringen."

„Sie werden mich nicht finden!", ruft er aus.

Das sollte wohl drohend klingen, doch seine Stimme klingt eher schrill und ängstlich. Ich gehe davon aus, dass er weder Geld noch Papiere besitzt und gar nicht weiß, wo er sich verstecken kann. Früher oder später fangen sie ihn wieder ein.

„Weißt du was? Du bleibst bei uns. Ich rufe im Heim an und sage ihnen, dass dein Vater dich aufnimmt."

„Wirklich?"

Ungläubig schaut mich der Junge an. Ich bin selbst erstaunt darüber, so etwas zu versprechen. Doch Ottilie hat gesagt, ich soll mich um Finn kümmern. Also wird sie ihn nicht fortschicken, sondern in ihrer gewohnt dominanten Art mit dem Jugendamt verhandeln.

Außerdem habe ich gehört, wie Ata gestern Abend zu Henry sagte: „Ich habe dich gewarnt! Weibergeschichten behandelt man diskret und schafft weder für seine Frau noch für das Hotel ein Dilemma. Doch wenn ein Kind im Spiel ist, ist Schluss mit lustig, dann beginnt die Verantwortung."

Henry wird eher keine Verantwortung übernehmen, das überlässt er seinen Eltern.

Selbstsicher verkünde ich: „Wir werden etwas Passendes für dich finden. Bis dahin kannst du dich im Hotel nützlich machen."

„Wirklich?", fragt er noch einmal.

Wortlos schließe ich ihn nun doch in meine Arme und spüre, wie er vor Aufregung oder Freude zittert.

„Ich habe mit dem Tierarzt, gesprochen. Er will sich umhören, ob ein Landwirt einen tüchtigen Lehrbuben für seine Tiere sucht."

*****

Eigentlich ist Finn allein Henrys Problem, doch der scheint es nicht als Problem zu sehen. Oder er hofft, dass sich dieses Problem wie die meisten seiner Probleme von ganz allein auflöst, wenn er nur lange genug wegschaut.

Ottilie schaut nicht weg. Sie sucht nach Lösungen. Vielleicht war es damals brutal, Veronikas Mutter aus dem Weg zu schaffen. Vielleicht war es auch die einzig richtige Möglichkeit, weil sie sich am Ende ebenso aufführte wie Resi. Auch

Resi musste gehen. Beides waren erwachsene Frauen, die für ihr Handeln selbst verantwortlich sind und mit den Konsequenzen leben müssen. Die Kinder dagegen sind völlig unschuldig, weshalb Ottilie Veronika aufnahm und Finn nicht fortschicken wird. Sie bat mich, mich um ihn zu kümmern. Ob sie wohl meinte, ich soll mich nicht nur heute um den Jungen kümmern oder bis es eine Lösung für ihn gibt? Will sie, dass ich trotz allem hier im Hotel bleibe?

Doch ich kann nicht bleiben, auch wenn ich das Hotel längst ins Herz geschlossen habe. Ich will nicht mehr mit Henry unter einem Dach leben. Auch nicht mit Veronika, die mich offen auslacht, obwohl ich ihr nie etwas getan habe.

Kurhotel

In Bad Aussee gibt es viele gute Hotels, in Altaussee und Grundlsee ebenso. Und viele von ihnen suchen Mitarbeiter. Ich werde also recht schnell eine Arbeit finden, bei der ich mein eigenes Geld verdiene und unabhängig bin.

Im Internet stoße ich auf ein neues Hotel, das im nächsten Monat eröffnen wird. Es liegt mitten in der Stadt, direkt am Kurpark und in der Nähe der Einkaufsstraße. Obwohl es ein reines Frühstückshotel ist, sind die Zimmer mehr als doppelt so teuer als bei uns inklusive Halbpension. Das heißt, dass sie eher zahlungskräftige Kurgäste als Bergwanderer erwarten.

Ich rufe sofort an und melde mich sicherheitshalber mit meinem Mädchennamen, den ich nach der Scheidung wieder annehmen möchte.

„Haben Sie Erfahrung in Verwaltung und Organisation?", fragt die Inhaberin.

„Ja, seit mehreren Jahren. Organisieren ist genau das, was ich suche."

Zwar würde ich für den Anfang auch im Service arbeiten, doch nicht so gern in der Küche. Wenn ich Glück habe, stellt das Hotel Mitarbeiterzimmer zur Verfügung. Das würde mir vorerst genügen bis ich eine passende Wohnung finde und genügend Geld für die Einrichtung habe, denn sämtliche Möbel im Haus gehören Henry.

Bereits am nächsten Tag darf ich mich vorstellen. Die Inhaberin heißt Gruber. Gruber ist der Name, den es hier in der Gegend am häufigsten gibt.

Die Frau, die mich empfängt, ist etwa fünfzig Jahre alt. Sie kommt mit ausgestreckten Armen auf mich zu, als kenne sie mich bereits. Ihr entschlossener Gang aus festen und energischen Schritten zeugt von Energie – sie weiß, wo sie hin will. Wie die meisten Frauen im Ausseer

Land trägt sie ein Dirndl, doch nicht in den typischen Farben grün und lila, sondern komplett dunkelblau. Sofort bedaure ich, dass ich nicht ebenfalls eines meiner Dirndl trage. Ich hatte eine neutral weiße Bluse und eine dunkle Hose gewählt.

„Monika Gruber", stellt sie sich vor.

Sie bietet mir Platz an und erzählt begeistert von ihrem Hotel mit dreiunddreißig verschieden eingerichteten Zimmern, dem großen Wellnessbereich mit Pool und einer breiten Auswahl an Therapie- und Schönheitsprogrammen.

„Wir sind nur ein kleines Team. Zum Frühstück servieren wir unseren Gästen Produkte aus der Region. Mittag- und Abendessen bieten wir nicht, doch der Gast kann Brettljausen und einen guten Wein aufs Zimmer bestellen oder auch Wegzehrung für Wanderungen."

Nur Kaltgerichte im Haus halte ich für äußerst praktisch und die Idee mit dem Proviantbeutel gefällt mir sofort.

„Das Problem ist, dass unsere Eröffnungsfeier bereits am letzten Juni-Wochenende stattfindet. Können Sie so kurzfristig bei uns anfangen?"

Natürlich könnte ich sofort meine Koffer packen und Henry verlassen. Das würde jeder verstehen. Doch was wird aus dem Hotel, wenn ich von jetzt auf gleich verschwinde, ohne mich um einen Nachfolger zu kümmern. Es sei denn,

Henry und Veronika teilen sich die Arbeit und Ottilie hilft wieder mehr mit. Eigentlich muss ich mir darüber keine Gedanken machen. Es ist nicht mein Problem, jedenfalls nicht mehr. Ich sollte endlich mehr an mich denken und am besten sofort gehen.

„Mein Arbeitgeber weiß, dass ich auf der Suche bin, doch er hat noch keinen Nachfolger für mich."

Erbittert denke ich, Henry sollte diese Resi einstellen. Sie hat ohnehin auf meine Stelle spekuliert, im Bett und im Hotel. Mit ihrem dicken Bauch und Baby wird das allerdings schwierig. Doch Henry scheint sie nicht sonderlich zu mögen. Irgendwie tut mir dieser Gedanke gut. Soll er sehen, wie er ohne mich zurecht kommt. Erwartungsvoll schaut mich Frau Gruber an und ich ergänze schnell: „Ich kläre das und rufe Sie noch heute Abend zurück."

An der Wand hängt ein großes Bild von zwei Kindern in Tracht, die sich an den Händen halten und recht innig anschauen. Obwohl sich die Trachten im Laufe der Jahre nicht änderten, sieht man, dass es ein recht altes Foto ist. Beim Blick auf diese zwei reizenden Kindergesichter fühle ich einen Stich im Herzen. Es ist kein Neid auf das Glück dieser Frau, eher eine Art Melancholie, die mich völlig unvorbereitet trifft. Ich hatte geglaubt, mit Henry das Glück meines Lebens gefunden zu haben und freute mich auf gemeinsame Kinder. Doch es kommt wohl immer anders als man denkt. Deshalb werde ich ab sofort keinen alten Träumen mehr nachtrauern, sondern nach vorn schauen.

Ich gebe mir einen Ruck und frage freundlich: „Sind das Ihre Kinder?"

„Nein", sagt Frau Gruber lachend. „Das sind mein Mann und ich. Wir kennen uns bereits seit dem Kindergarten und haben uns nie aus den Augen verloren. Doch erst jetzt können wir unseren Traum von einem eigenen Hotel verwirklichen." Sie lächelt und fragt: „Sind Sie verheiratet?"

„Ja, doch ich lebe in Scheidung, weshalb ich dringend eine Arbeit brauche."

„Verstehe. Das kriegen wir hin."

Ich berichte von meinen Erfahrungen in den verschiedenen Hotels und nenne meine Gehaltsvorstellung, die Frau Gruber ohne jede Diskussion akzeptiert.

„Zum Schluss mache ich Sie mit meinem Mann bekannt, mit dem Sie künftig oft zu tun haben werden."

Sie führt mich in den Frühstücksraum, wo ein Mann an der Schwingtür zur Küche schraubt.

„Schau! Ich bringe dir unsere neue Direktionssekretärin", sagt sie und strahlt den Mann an.

Er dreht sich um und sein Lächeln verschwindet, als er mich sieht.
Es ist Henry!

*****

Das ist zu viel für mich! Ich stürze gruß- und kopflos aus dem Haus. An der Traun bleibe ich stehen und betrachte das reißende Wasser. Es rauscht derart laut, dass man sich in Flussnähe nicht unterhalten kann. Das Wasser ist grün und so klar, dass man jeden einzelnen Stein deutlich erkennt.

Auf einmal sehe ich nur weiße Nebel und flimmernde Lichter vor meinen Augen. An meine Stirn drückt etwas unangenehm von innen, als wolle es den Kopf sprengen. Ich halte meine Hand dagegen und merke, dass mein ganzes Gesicht heiß und nass ist. Mir rinnt Schweiß zwischen den Brüsten und am Rücken herunter. Jetzt könnte ich eine Abkühlung gut gebrauchen. Deshalb beuge ich mich weit über das Geländer, um einen frischen Lufthauch vom eiskalten Wasser abzubekommen.

In diesem Moment umfassen zwei kühle Hände meine Schultern und ziehen mich sanft vom Wasser zurück.

„Kommen Sie!", fordert eine freundliche Stimme. „Wir trinken einen Kaffee zusammen."

Es ist Frau Gruber. Die, mit der Henry ein Hotel eröffnen will. Die, die meinen Mann seit dem Kindergarten kennt und nie aus den Augen verloren hat. Hat sie etwa auch Kinder mit ihm? Ich will es gar nicht wissen. Ich will nur hier weg! Nach Hause. In mein richtiges Zuhause, nach Wien, wo die Welt noch in Ordnung ist.

*****

Wir sitzen nun doch im Café. Vor mir stehen ein großes Stück Sahnetorte und eine heiße Schokolade mit Schlagobers.

„Ich bin die Monika", sagt sie freundlich und dann recht energisch: „Du isst und trinkst das jetzt und hörst mir zu!"

Mir ist völlig gleichgültig, was sie mir sagen will. Ich weiß nur, dass es eine große Dummheit von mir war, Henry zu heiraten. Mit einem Türken wäre mir dieses furchtbare Durcheinander niemals passiert. Warum hat Henry vier Kinder mit vier verschiedenen Frauen, ist mit einer fünften verheiratet und betreibt mit einer sechsten ein Hotel? Ich bin völlig fassungslos.

„Trinke deine Schokolade, so lange sie noch heiß ist! Das macht gute Laune."

Gute Laune. Will diese Alte mich verspotten? Sie könnte leicht meine Mutter sein. Mir wird klar, dass Henry im gleichen Alter ist, weil sie von klein auf zusammen gespielt haben. Also könnte er eher mein Vater als mein Ehepartner sein, was mir so deutlich noch nie eingefallen ist. Doch das ist jetzt alles gleichgültig, denn ich bin fertig mit ihm. Ich will die Scheidung und ihn nie mehr sehen.

Doch warum sitze ich hier mit seiner Geliebten oder Geschäftspartnerin oder was auch immer an einem Tisch, als wäre sie meine Freundin? Sie hat mir Henry als ihren Mann vorgestellt. Ist er Bigamist? Dann wäre meine Ehe ungültig.

„Ich wusste das alles. Von Anfang an", sagt sie so ruhig, als rede sie übers Wetter.

Ich nicht. Ich wusste gar nichts und erfahre Tag für Tag neue Ungeheuerlichkeiten über Henrys geheimes Doppel- oder Vielfachleben. Das verkrafte ich nicht.

„Und darauf sind Sie stolz und haben sich mit ihm köstlich amüsiert über all das, nicht wahr?"

„Wir sollten uns wirklich duzen."

„Warum? Weil Sie mit meinem Mann ins Bett gehen?"

Genervt zerdrücke ich mein Tortenstück. Schokoladensahnetorte. Ich mag gar keine Schokolade. Trotzdem esse ich sie auf.

„Henry und ich sind quasi seit unserer Geburt zusammen."

„Wie schön", spotte ich.

„Wir wussten schon als kleine Kinder, dass wir zusammengehören und für immer zusammenbleiben wollen. Doch wir wollten nie heiraten. Das war uns einfach zu spießig."

Ich würde gern darüber lachen, wenn ich nicht den Sinn für Humor verloren hätte.

„Henry sah das wohl anders, denn er hat sehr früh geheiratet." In Gedanken ergänze ich: „Nur nicht seine Kindergarten-Moni."

„Seine Mutter hat ihn zur Hochzeit gezwungen", erklärt sie.

„Weil er einem halben Kind ein Kind gemacht hat", werfe ich ein. „Soll ich ihn jetzt bedauern, weil er heiraten *musste*?"

Monika schüttelt den Kopf.

„Jeder hat ein Recht auf seine Fehler. Wir hatten uns geschworen, dass jeder von uns beiden sein Leben so leben darf, wie er es für richtig hält. Selbst andere Partner sollten unser Bündnis nicht stören."

Was soll das für ein Bündnis sein? Wenn jeder macht, was und mit wem er will, ist das eher eine Freundschaft als eine normale Paarbeziehung.

„Dann wäre die Ehe Unsinn."

„Ist sie auch. Ohne diese amtliche Urkunde sind wir freiwillige Partner, Partner auf Augenhöhe."

Augenhöhe nennt sie das, wenn ihr Partner

ständig andere Frauen neben ihr hat? Und obendrein Kinder mit ihnen. Kinder, die er gar nicht wollte! Ich glaube, diese Frau versteht gar nichts. Bei ihrem neuen Hotel sind sie reine Geschäftspartner, wobei auch hier Henry auf zwei Hochzeiten tanzt.

„Sind Sie nun reine Geschäftspartner oder auch sonst? Ich meine ...“

„Ich weiß, was du meinst. Du willst wissen, ob wir auch zusammen schlafen.“

Jetzt werde ich rot, denn so direkt wollte ich es nicht ausdrücken.

„Ja, wir sind ein Paar und das seit mehr als dreißig Jahren.“

Seit dem Kindergarten, denke ich boshaft.

„Und Kinder haben Sie sicher auch.“

Frau Gruber schüttelt den Kopf.

„Nein, Kinder wollten wir nie.“

Jetzt muss ich doch lachen, weil sich wohl nur diese Monika an die Abmachungen hält, denn Henry hat vier Kinder.

„Wollen Sie behaupten, dass es Sie nicht stört, wenn Henry andere Frauen und mit ihnen Kinder hat?“

„Wir sind nicht dafür gemacht, uns gegenseitig zu gehören. Wir sind dafür gemacht, zusammenzuleben.“

Derartig schlaue Belehrungen sind mir zuwider, vor allem von der Geliebten meines Ehemanns.

Was erlaubt sich diese Person?

„Männer mögen keine Komplikationen. Sie haben direkt Angst, mit der Geliebten etwas unternehmen zu müssen, was überhaupt nichts mit Erotik zu tun hat. Das erinnert an die Verpflichtungen daheim, an Ansprüche, die die Ehefrau stellt."

Ich habe keine Ansprüche gestellt, nur zuverlässig die Arbeit gemacht, die Henry von mir gemacht haben wollte.

„Sie haben also von Anfang an gewusst, wie Henry mit seinen Frauen und Kindern umging und sich nie eingemischt?", frage ich empört.

„Ich kann niemandem sagen, wie er leben soll. Ich muss nur wissen, wie *ich* leben will."

„Und Sie wollen ohne Kinder leben, aber mit einem Mann, der mit fremden Frauen fremde Kinder hat?"

Frau Gruber lächelt. Was ist daran so lustig?

„Ich kann nicht erwarten, dass mein Partner die Dinge genauso sieht, wie ich sie gern hätte."

„Warum nicht? Wenn man die Dinge nicht so sieht wie der Partner, hat man falsch gewählt!"

Ich denke an Simone de Beauvoir und weiß durch ihre Bücher, wie unglücklich sie in ihrer seltsamen Beziehung mit Sartre war. Sie litt darunter, dass er psychisch labile Frauen wählte, die er leicht lenken und in Verzweiflung stürzen konnte. Warum sie ihn trotzdem bis zu seinem

Tod aufopferungsvoll pflegte, habe ich nie verstanden, denn mit Liebe hat das für mich nichts zu tun, eher mit Hörigkeit.

Bin ich Henry hörig? Nein, das bin ich nicht! Ich werde mich scheiden lassen und mir eine andere Arbeit suchen. Doch hier kann ich nicht bleiben, weder in diesem Hotel noch in einem anderen im Ausseer Land. Das ist mir jetzt klar geworden. Man würde mich bedauern oder gar auslachen, aber keine selbstbestimmte Frau in mir sehen.

„Henry ist ein distanzierter Mann", erklärt sie. Distanziert bedeutet verschlossen, kühl und unzugänglich. So habe ich ihn nie empfunden.

„Seinen Beziehungen gegenüber war er jedenfalls besonders aufgeschlossen und sehr zugänglich", sage ich giftig.

Jetzt lacht Frau Gruber.

„Für den distanzieren Mann hat Sex eine Funktion wie Essen und Trinken. Untreue ist für ihn ein Wort, das er kaum versteht."

Was will sie mir weismachen?

„Er kann sich nicht in Andere hineinversetzten, kennt weder Schuldgefühle noch seelische Erschütterungen."

Ein Psychopath! Das passt zu Henry! Es ist mir unbegreiflich, wie ich solch einen Mann lieben konnte und wie diese Monika Gruber freiwillig seit Jahrzehnten an seiner Seite lebt.

Sie lächelt. In ihren Augen sehe ich, was sie sieht: eine verzweifelte Frau. Und das gefällt mir nicht.

„Meine Bewerbung ziehe ich selbstverständlich zurück", sage ich so kühl wie es mir möglich ist.

Ich hole meinen Geldbeutel hervor und merke, wie meine Hände zittern.

„Lass stecken! Ich übernehme das."

Das könnte dieser Person so passen! Endlich erwische ich einen Schein zwischen den Fingern und lege ihn auf den Tisch.

„Stimmt so!", sage ich und eile davon.

*****

Während ich ziellos durch die Einkaufsstraße bummle, klingelt mein Handy. Kurz überlege ich, es stumm zu schalten und gar nicht ranzugehen. Doch ich sehe, dass es Falko ist und vermute, dass er Hilfe im Hotel braucht.

„Servus, Falko, was gibt's?"

„Ich wollte nur wissen, wie es dir geht, Hanni. Hab mir Sorgen gemacht."

„Warum?"

„Naja, der Henry und seine damischen Weibergeschichten. Ich dachte mir, du bist jetzt kreuzunglücklich und am Boden zerstört."

Überrascht lausche ich in den Hörer. Er sorgt sich um mich? Falko ist ein wirklich lieber Kerl, sensibel und aufmerksam. Das weiß ich alles, doch dass er sich fragt, wie es mir geht und wie ich mit der aktuell verrückten Situation zurecht komme, hätte ich nicht erwartet.

„Ich bin in Bad Aussee und gehe ein wenig spazieren."

Von der Begegnung mit Henrys jahrelanger Geliebten und dem gemeinsamen Hotel mag ich nicht erzählen. Doch als ich daran denke, laufen mir die Tränen über die Wangen.

„Wir reden später, ja?"

„Ich höre doch, dass es dir nicht gut geht. Weinst du?"

Ich schüttle den Kopf, obwohl er das nicht sehen kann.

„Wie kommst du darauf?" Ich schlucke meine Tränen hinunter. „Ist alles in Ordnung im Hotel? Zum Abendessen bin ich zurück."

„Ruf an, wenn du was brauchst! Ich kann dich auch holen."

„Danke", hauche ich so leise, dass er es nicht gehört haben kann, und schalte das Handy aus.

Mir ist Falkos ausgeprägter Gerechtigkeitssinn von Anfang an aufgefallen, obwohl er nicht viele Worte macht. Meist hält er sich im Hintergrund und ist plötzlich zur Stelle, wenn er gebraucht wird. Wie an dem Tag, an dem Resi durchdrehte. Als zuverlässigen Mitarbeiter schätze ich ihn sehr, ansonsten habe ich sehr wenig mit ihm zu tun. Er hat bis jetzt noch keinen einzigen Tag gefehlt, obwohl wir keinen Ruhetag haben und er sich nur während der Schließzeiten im November und April von seiner Arbeit erholen kann.

Warum denke ich auf einmal über ihn nach? Weil er offenbar der Einzige ist, der sich um mich sorgt. Henry dagegen sorgt sich nicht. Er ist mir nicht gefolgt, als ich vorhin wie von Sinnen aus seinem neuen Hotel davonlief. Er hat auch kein schlechtes Gewissen gezeigt, als Resi von ihm schwanger wurde. Er lässt mich allein mit meinen Sorgen. Das ist mir jetzt klar.

Verlaufen

Ich sitze auf einer Bank im Kurpark und beobachte die Kinder, die fröhlich hin und her springen und noch keine Sorgen kennen. Plötzlich packt mich heftige Sehnsucht nach meinen Schwestern, ihren Kindern, den vielen Cousins und Cousinen, Onkel und Tanten und vor allem nach meinen Eltern mit solch einer Wucht, wie ich sie zwei Jahre lang nicht ein einziges Mal gespürt habe. Mir ist, als rieche ich den Duft von türkischem Gebäck und würde am liebsten in eine Baklava mit Honig und Nüssen beißen.

Doch so etwas gibt es hier nicht.

Ich muss zurück zu meiner Familie, muss sie um Verzeihung bitten für meine schreckliche Dummheit, die ich vor zwei Jahren beging. Ich wäre heute noch glücklich bei ihnen, wenn ich Henry nicht geheiratet hätte.

Wie konnte ich mich so Hals über Kopf in einen Mann verlieben, der mir nur von seinem Hotel und nichts über sich selbst erzählte? Wie konnte ich glauben, dass er ein ehrlicher und fürsorglicher Mensch ist?

Ich fühle mich so elend, verlassen und verloren, komplett zerstört und zwar so gründlich, dass nichts mehr von mir übrig ist.

Ich sollte sofort meine Koffer packen, zurück nach Wien fahren und wieder inmitten meiner Familie leben. Arbeit in Hotels gibt es überall.

Doch den Loser und die vielen klaren Seen zwischen den Bergen, die Frauen in ihren schönen Dirndln gibt es nur hier.

Hinter der Traunbrücke sehe ich einen schmalen Pfad, der mir bisher noch nie aufgefallen ist. Er führt steil einen Hügel hinauf. Ich weiß nicht, wohin dieser Weg führt – ich gehe ihn trotzdem. Denn dieser zwischen Sträuchern versteckte Steig scheint mir wie ein Hinweis zu sein, den ich unbedingt aufgreifen muss. Genau wie in meinem Leben, in dem alles so geordnet wie in diesem Kurpark verlief und dann wie von der reißenden Traun weggespült wurde. Ich kann nicht wie Monika Gruber Henrys viele Frauen und Kinder hinnehmen. Es mag sein, dass Henry sein Leben leben muss, doch ich passe da nicht mit hinein.

Ohne weiter nachzudenken, steige ich den Pfad hinauf und gehe immer weiter. Ich bin ganz außer Atem, weil ich steile Pfade nicht gewöhnt bin und außerdem meine normalen Pumps trage. Meine Schuhe taugen nur für das Hotel und gepflasterte Fußwege, nicht für solche Stiegen. Doch ich gehe weiter und immer weiter. Über eine Wiese, an Häusern vorbei, die über und über mit blühenden Pflanzen überwuchert sind. Die Traun ist längst nicht mehr zu hören.

Plötzlich stehe ich vor einer Kuh. Sie ist riesig! Sie senkt ihren Kopf und schaut mich mit ihren großen Augen an. Aber sie geht nicht weg. Was denkt sie? Denken Kühe überhaupt? Wird sie mich stoßen, umrennen oder gar nichts tun? Ich weiß es nicht. Ich weiß nicht, was Kühe so machen.

„Muh!", tönt es dumpf und unglaublich laut von der Seite.

Dort steht eine zweite, dritte, fünfte Kuh und weiter hinten noch mehr. Jetzt wird mir unheimlich zumute und ich möchte so schnell wie möglich weg von hier. Doch wo ist der Weg? Ich stehe mitten auf einer Wiese und weiß nicht, ob ich nach links oder rechts, nach vorn oder hinten gehen soll.

Direkt vor mir wäre ich fast in einen Kuhfladen getreten. Angeekelt wende ich mich zur Seite. Doch schon nach wenigen Schritten stehe ich an einem steilen, felsigen Hang. Hier geht es nicht weiter. Jetzt erfasst mich Panik. Ich weiß, dass es gefährlich ist, wenn man sich in den Bergen verläuft. Doch ich weiß nicht, wie ich wieder zurück in den Ort finde. Was soll ich nur tun?

Falko! Er hat gesagt, ich soll ihn anrufen und er holt mich. Hastig drücke ich seine Nummer.

„Ich bin auf einer Wiese zwischen vielen Kühen und finde den Weg nicht mehr!", schreie ich.

„Das haben wir gleich."

Seine Gelassenheit beruhigt mich sofort.

„Du bist also in Bad Aussee spazieren gegangen."

„Ja."

„Gut. Und wo genau hast du den Ort verlassen?"

„Im Kurpark. Da war eine Brücke über den Fluss und ein schmaler Weg den Berg hinauf."

„Gut", sagt Falko noch einmal. „Bist du immer in die gleiche Richtung gegangen?"

„Welche Richtung? Da war ein Weg. Aber jetzt ist nur noch Wiese. Und Kühe! Viele!"

„Du gehst jetzt Richtung Westen bis du Häuser siehst und zurück auf den Weg kommst."

Doch wo ist Westen?

„Orientiere dich an der Sonne, gehe genau in die Richtung. Ich fahre jetzt los und bin gleich bei dir."

Wie will er mich finden, wenn ich selbst nicht weiß, wo ich bin? Am liebsten würde ich mich jetzt verkriechen und warten, bis Falko kommt und mich rettet. Doch das ist kindisch. Außerdem stehe ich mitten zwischen vielen Kühen. Es werden immer mehr und mir wird angst und bange.

Schließlich reiße ich mich zusammen und gehe auf die Sonne zu – genau, wie Falko mir geraten hat.

Dann sehe ich ihn: einen alten Mann, so groß wie ich, mit einem Hut auf dem Kopf, Filzstiefel an den Füßen und einer Strickweste über seinem karierten Hemd.

„Hallo!", rufe ich. „Hallo!"

Ich wedle mit beiden Armen, doch der Mann reagiert nicht. Hört er mich nicht? Oder will er mich nicht sehen?

„Du verschreckst meine Kühe und zertrampelst ihren Salat", brummt er grimmig.

„Wie bitte? Ich verstehe Sie nicht."

„Du stehst mitten in der Salatschüssel meiner Kühe! Hast du jetzt verstanden?"

Er meint die Wiese. Die Kühe fressen das Gras und ich laufe darin herum, verderbe also ihr Fressen.

„Das tut mir leid. Ich habe mich verlaufen und finde den Weg in den Ort nicht wieder."

„Deshalb schreist so narrisch?"

„Können Sie mir helfen? Bitte!"

„Freilich kann ich."

Er winkt mit der Hand und zeigt auf ein nahes Gebüsch.

„Ummedumm ist der Pfad."

Bedeutet ummedumm dumme Umme? Weshalb beschimpft er mich? Zwar glaube ich nicht, dass mir dieser Grantler helfen wird, doch wie zu meiner Rechtfertigung sage ich leise: „Sie entschuldigen! Ich finde den Weg wirklich nicht mehr."

„Ummedumm!" Er wedelt mit seinem Arm und zeigt noch einmal auf das Gebüsch. „Um dere Gschaudat (Gestrüpp) herum!"

Ah! Ummedumm bedeutet drumherum.

„Vielen Dank!"

Ich sehe noch, wie er Richtung Sonne zeigt.

„Da lang!", ruft er mir nach. „Halbe Stunde bis in den Ort."

Eilig laufe ich den Weg hinab, obwohl meine Füße wie Feuer brennen. Zwanzig Minuten später stehe ich am Fischbrunnen im Kurpark und überlege, ob ich in seinem Wasser einfach meine Füße kühlen kann. Doch rund um den Brunnen ist ein dichtes Meer aus roten Blüten, das ich nicht übersteigen kann.

Ich setze mich auf eine Bank und betrachte versonnen den riesigen Fisch in der Mitte, der aus kleinen bunten Mosaiksteinen zusammengesetzt ist. Aus seinem Maul sprudelt Wasser.

Plötzlich sitzt Falko neben mir und umarmt mich. Sofort fühle ich mich beschützt und geborgen und möchte am liebsten für immer hier sitzenbleiben und an nichts denken.

Doch ich kann nicht an nichts denken, denn die Worte von Monika Gruber schwirren durch meinen Kopf: Ich kann niemandem sagen, wie er leben soll. Aber ich muss wissen, wie *ich* leben will.

Ich wollte mit Henry leben und mit ihm Kinder haben und wusste nicht, dass er das gar nicht will. Ich wusste so vieles nicht. Nichts von seinem neuen Hotel und nichts von Monika Gruber.

„Alles wird gut", verspricht Falko.

„Nichts wird gut", schnaube ich und fange an zu weinen.

Falko reicht mir sein Taschentuch und schaut

mich ernst an.

„Resi ist weg."

„Das weiß ich, doch darum geht es gar nicht!"

„Wenn die Resi weg ist, kannst du bleiben."

Wie stellt er sich das vor? Resi wird niemals ganz weg sein, sie wird Ansprüche stellen. Und vor allem wird Monika Gruber bleiben. Und Finn. Den Jungen hätte ich fast vergessen.

„Was wird mit Finn?"

Falko lacht.

„Der Junge hat schon nach dir gefragt und wäre am liebsten mitgekommen. Doch er darf den Tierarzt zur Geburt eines Kälbchens begleiten." Wieder lacht er. „Aller Augenblicke fragt er, was er helfen darf. Die Großeltern sind ganz hinge-rissen von seinem Eifer."

Das freut mich und ich versuche ein Lächeln.

„Dich bedrückt doch etwas. Das sehe ich dir an."

Mir geht diese Monika Gruber nicht aus dem Kopf. Am liebsten würde ich ihm jetzt erzählen, dass mein Mann seit Jahren mit einer anderen Frau zusammenlebt und mit ihr ein eigenes Hotel führen will. Doch ich bringe kein einziges Wort über die Lippen. Auch Falko sagt nichts. Er steht auf, beugt sich über die Blumen am Brunnen, tunkt sein Taschentuch ins Wasser und wischt bedächtig den Schmutz von meinen Schuhen. Ich schaue ihm dabei zu und merke

199

wieder einmal, was für ein liebevoller Mensch er ist. Warum hat er eigentlich keine Freundin? Vermutlich liegt es an seinen Arbeitszeiten: jeden Abend in der Küche, auch an Wochenenden und Feiertagen. Außerdem mag er sich nicht wie Veronika auf Partys vergnügen. Lieber sitzt er im Garten und liest. Aus einem Buch wird keine Frau heraussteigen.

Während ich auf seine Hände schaue, fällt mein Blick auf seine Uhr.

„Oje! So spät ist es schon? Ottilie wird warten!"

„Nein, du musst heute nicht zu ihr."

„Und wer hilft ihr ins Dirndl? Veronika?"

Falko lacht. „Ausgerechnet! Das gäbe ein bühnenreifes Gezeter!." Dann sagt er ernst: „Ottilie hat sich hingelegt und wird heute Abend nicht ins Hotel kommen."

Besorgt erkundige ich mich: „Ist sie krank?"

„Mach dir keine Sorgen!"

Keine Sorgen? Ich bestehe im Moment nur noch aus Sorgen, Sorgen um meine Zukunft, um das Hotel, um Finn und nun auch um Ottilie. Falko ergreift wie selbstverständlich meine Hände und umschließt sie sanft mit seinen, was mich völlig durcheinander bringt. Gleichzeitig wünsche ich mir, dass mich diese festen warmen Hände halten und führen. Ich möchte mich wieder sicher fühlen wie ein Kind, das keine

Sorgen kennt und fröhlich durch den Tag hüpft. Am liebsten würde ich einfach hier sitzen bleiben, den bunten Fisch und das Wasser anstarren, mich nicht bewegen und schon gar nicht zurück ins Hotel fahren.

Falko steht auf und zeigt über den Platz.

„Ich muss los! Mein Auto steht gleich hier vorn. Wenn du willst, nehme ich dich mit!"

Dankbar schaue ich ihn an, doch ich schüttle den Kopf, denn ich möchte mein Auto nicht hier in der Stadt zurücklassen.

„Also gut", gibt sich Falko zufrieden und steckt mir zum Abschied einen Zettel zu. „Lies ihn in Ruhe daheim! Ich fand diese Zeilen gestern und dachte sofort an dich. Vielleicht helfen sie dir."

Daheim. Wo sollte das sein? Ich habe kein Zuhause mehr. Und doch bleibt mir nichts anderes übrig, als mich auf den Weg zu machen, um mich für die Arbeit im Hotel umzuziehen.

*****

Während der Rückfahrt höre ich im Autoradio ein Lied, worin eine Frau herzzerreißend „Let it rain on me!" singt. Das passt haargenau zu meiner Stimmung und macht mich noch trauriger als ich ohnehin schon bin. Henry hat all meine Träume zunichte gemacht. Ich konnte es nicht verhindern und schon gar nichts dagegen tun. Jedes Mal wurde ich vor vollendete Tatsachen gestellt. Mit seinen erwachsenen Kindern Falko und Veronika konnte ich mich abfinden, doch Resis Schwangerschaft macht mir schwer zu schaffen. Und dann platzte auch noch Finn in mein Leben. An Henrys Dauergefährtin Monika Gruber darf ich gar nicht denken. Das ist entschieden zu viel!

Eine Türkin versinkt bei Liebeskummer und Enttäuschung in großem Schmerz, lässt sich gehen, um danach bittere Rache zu nehmen. Auch ich fühle großen Schmerz, heftiger, als ich ertragen kann, doch ich fühle mich außerstande, Rachepläne zu schmieden. Was könnte ich Henry antun? Nichts! Denn alles würde an ihm abprallen und mir am Ende schaden.

Mir fällt der Zettel ein, den mir Falko vorhin gab. Er sagte, er würde mir helfen. Im Moment kann ich jede Hilfe brauchen und krame in meiner Tasche. Als ich das Blatt auseinander falte, sehe ich ein Gedicht. Wie soll mir ausgerechnet ein Gedicht helfen? Halb verärgert und halb neugierig halte ich am Straßenrand und lese den Vers von Theodor Fontane:

Erscheint dir etwas unerhört,
bist du tiefsten Herzens empört,
bäume nicht auf, versuchs nicht mit Streit,
berühr es nicht, überlass es der Zeit.

Ärger ist Zehrer und Lebensvergifter,
Zeit ist Balsam und Friedensstifter.

Die Verse sagen, dass ich abwarten soll. Worauf soll ich warten? Es mag sein, dass die Zeit Balsam ist und sogar Wunden heilt, doch meine Probleme lösen sich nicht von allein in Luft auf.

Henry hat keine Probleme. Er denkt, fühlt und handelt anders ich. Ich verstehe ihn nicht. Ich verstehe auch mich nicht. Ich hätte etwas merken müssen, wenn er von Resi oder Monika zu mir ins Bett kam. An seiner Art zu reden, wegzuschauen oder mich anzufassen. Aber da war nichts.

Sein erstes Kind war ein Versehen, die anderen drei ganz sicher nicht. Er hätte sie leicht verhindern können, falls es ihm nur um Sex gegangen wäre. Man kann nicht ein und denselben Fehler vier Mal machen, es muss seine volle Absicht gewesen sein. Vielleicht wollte er etwas Bleibendes schaffen, damit die Frauen ewig an ihn denken, obwohl er längst genug von ihnen hatte?

Hat Henry genug von mir? Wollte er mich nur heiraten, weil ich sonst nicht mit ihm geschlafen hätte? Oder wollte er mich an sich binden, um jemanden für sein Hotel zu haben? Jemand, der keine Kinder hat, aber zuverlässig arbeitet, damit er ungestört mit Monika Gruber ein Hotel führen kann? Es sind zu viele Fragen, auf die ich keine Antwort finde.

Wenn ich Henry nicht geheiratet hätte, wäre ich in Wien und mir viel Kummer erspart geblieben. Wenn und wäre und hätte! Doch es ist wie es ist und ich muss mit dem leben wie es eben ist.

Alles im Leben hat seinen Platz: die Dinge und die Menschen. Ich bin am richtigen Platz. Ich gehöre nicht mehr nach Wien, sondern genau hierher ins Ausseer Land. Hier fühle ich mich wohl, hier möchte ich bleiben. Nur nicht bei Henry.

Abgeschlossen

Gleich ist es 17 Uhr. Ich muss mich beeilen, denn um diese Zeit werde ich im Hotel erwartet. Auch wenn im Moment meine gesamte Zukunft in Scherben liegt, erledige ich heute Abend wie immer pünktlich und zuverlässig meine Arbeit. Ich muss nur rasch mein Dirndl anziehen. Zum Duschen habe ich allerdings keine Zeit mehr.

Ich stecke eilig den Schlüssel ins Schloss, doch er sperrt nicht auf. Er passt hinein, lässt sich aber nicht drehen. Ich versuche es noch einmal mit Ruhe. Schlüssel ins Schloss, er passt, doch er dreht nicht.

Selbst, wenn jemand daheim ist, zugesperrt

und den Schlüssel steckengelassen hat, müsste ich aufschließen können. Vielleicht habe ich Glück und Veronika ist daheim. Ich klingle, doch keiner öffnet. Ich klinge noch einmal und glaube, im Haus Geräusche zu hören. Deshalb klopfe ich laut gegen die Tür und rufe: „Hallo!" Aber es tut sich nichts.

Ob ich heute ausnahmsweise in Hose bediene, weil ich mich nicht umziehen kann? Ottilie ist krank, sie wird es nicht bemerken. Nur meine Schuhe würde ich gern wechseln, weil mir meine Füße von der langen Wanderung über den steilen Hang und die Wiese schmerzen. Sicher habe ich mir eine Blase gelaufen.

Verärgert und ziemlich bedrückt setze ich mich auf die Bank neben der Eingangstür und massiere meine dick geschwollenen Füße.

Falko kommt aus dem Nachbarhaus und winkt mir zu. Ich winke zurück. Noch während ich überlege, ob ich ihn um Hilfe bitten soll, obwohl er dann zu spät in die Küche kommt, steht er neben mir und fragt: „Geht es dir nicht gut?"

„Ich kann nicht ins Haus, weil der Schlüssel klemmt."

Er nimmt mir den Schlüssel aus der Hand und probiert, die Tür aufzusperren. Ohne Erfolg.

„Hat Henry das Schloss ausgetauscht?"

Erschrocken schaue ich ihn an.

„Warum sollte er das tun?"

Skeptisch verzieht er den Mund.

„Naja, du hast gesagt, dass du ihn verlassen wirst. Da drehen Männer oft durch."

Was soll ich darauf sagen? Ich bin nicht der Grund für das Ende unserer Ehe. Und ich bin nicht wie Monika Gruber, die in solch einer Beziehung leben kann. Henry mag ein Psychopath sein, doch er wäre nicht dazu fähig, mir absichtlich etwas Böses zu tun.

Falko fällt ein, dass Veronika vorhin auf ihrem Balkon rauchte und telefonierte, obwohl sie im Hotel hätte warten müssen, bis ich sie ablöse. Er klingelt Sturm und pocht mit seinen Fäusten gegen die Tür. Drinnen rührt sich nichts. Dann wählt er Veronikas Nummer, doch sie geht nicht ran.

„Ob ihr etwas passiert ist?", vermute ich laut.

„Das glaube ich nicht. Sie hat doch eben noch telefoniert!"

„Und wenn sie gestürzt ist und nicht zur Tür und auch nicht zum Handy gelangen kann?", frage ich panisch. „Ich rufe die Rettung."

„Moment!"

Falko denkt nach. Dann geht er zur Seite und schaut hinauf zu Veronikas Balkon.

„Die Tür steht offen. Ich hole eine Leiter und steige über den Balkon ins Haus. Dann kann ich dich hineinlassen."

Schnell ist die Leiter herbeigeholt und an die Brüstung gelehnt. Falko klettert hinauf, springt über das Geländer und ist aus meinem Blickfeld verschwunden. Kurz darauf öffnet er von innen die Tür und ich kann ins Haus.

„Vroni sitzt in der Badewanne!", erklärt er.

„Sie konnte mich also nicht hören."

Ich verstehe nur nicht, wieso sie bereits daheim ist, wenn ich sie noch nicht abgelöst habe.

„Sie hat dich sehr wohl gehört. Sie hörte zuerst den Schlüssel, dann das Klingeln an der Tür und auf ihrem Handy, auch mein lautes Klopfen."

„Aber warum hat sie nicht geöffnet?"

„Sie sagt, sie wusste nicht, dass du es bist. Sie dachte, es wollte jemand zu dir oder zu Henry und das geht sie nichts an. Das viele Klingeln ging ihr auf die Nerven, weshalb sie aus der Badewanne stieg. Aber nicht, um die Tür zu öffnen. Sie holte sich die Kopfhörer und setzte sie auf, um ungestört beim Baden Musik zu hören."

Sie hat das Klopfen und Klingeln gehört und hatte nur keine Lust, zur Tür oder ans Handy zu gehen? Das hätte ich im Leben nicht übers Herz gebracht. Was ist sie nur für ein Mensch?

„Aber warum kam ich nicht ins Haus? Was ist

mit dem Türschloss?"

„Vronis Schlüssel steckte von innen."

„Trotzdem kann man von außen schließen."

„Das stimmt, doch an ihrem Bund hängt so viel Klimbim, kleine Figuren und Bänder, was sich irgendwie verhakt hat, weshalb sich der Schlüssel nicht drehen ließ."

Erleichtert und zugleich erschöpft lasse ich mich auf den nächstbesten Stuhl fallen. Meine Arme und Beine scheinen schwer wie Blei zu sein. Das war heute alles zu viel für mich.

Mir fiel schon die Bewerbung in einem fremden Hotel schwer, dann stellte sich heraus, dass es Henrys Hotel ist, das er zusammen mit seiner jahrelangen Lebensgefährtin führen will. Dann musste ich mich von dieser Monika belehren lassen, habe mich verlaufen und nun kam ich nicht in mein Haus.

Es ist nicht mein Haus. Es ist auch nicht Henrys Haus, es gehört nach wie vor Ottilie.

„Ich muss in die Küche. Kommst du zurecht?"

Ich nicke und verspreche, mich zu beeilen.

Veronika springt an mir vorbei und freut sich über mein verdutztes Gesicht. Sie macht noch ein Foto von mir, wie ich zusammengesunken auf dem Stuhl hocke und weg ist sie.

Ich habe mir abgewöhnt, sie zu ermahnen. Sie gibt nur freche Antworten, ändert aber nichts an ihrem Verhalten.

*****

Nachdem alle Hotelgäste ihr Abendmenü ver-
speist und einige von ihnen auf der Terrasse
ihren Absacker genießen, laufe ich zu Ottilies
Haus, um Ata zu holen. Meist kommt er allein
mit seinem elektrischen Rollstuhl, doch heute
sitzt er nicht wie sonst bereits am Familientisch,
um mit uns gemeinsam zu Abend zu essen.
Vermutlich möchte er Ottilie nicht allein lassen.
Ich werde gleich selbst nach ihr schauen.
Ata sitzt in seinem Rollstuhl im Türrahmen, halb
drinnen im Haus, halb draußen.
„Ich bleibe lieber hier", sagt er. „Falls sie etwas
braucht."
Ich umarme ihn.
„Geht es Ottilie nicht gut?"
Er schüttelt den Kopf und zeigt nach oben in
Richtung Schlafzimmer.

Ich steige die Treppe hinauf und finde meine
Schwiegermutter in Kleidern auf dem Bett. Sie
stöhnt.
„Hast du Schmerzen?"
„Mir tun sämtliche Glieder weh und ich habe
das Gefühl, ich müsste ersticken."
„Soll ich den Arzt rufen?"
Sie schüttelt den Kopf und klopft mit der Hand

auf ihr Bett. Sofort setze ich mich zu ihr.

„Mit mir geht es zu Ende", flüstert sie mühsam und ihre Augen glänzen, als hätte sie geweint.

Sie so elend zu sehen, tut mir direkt weh. Doch an ihr Lebensende kann ich nicht glauben, denn sie ist erst sechsundsiebzig Jahre alt. Das ist kein Alter zum Sterben. Natürlich ist sie langsamer geworden und nicht mehr so beweglich wie früher, doch immer noch erstaunlich fit für ihr Alter. Vielleicht hat sie sich den Magen verdorben oder zu viel im Garten gewerkelt.

„Ich werde dich jetzt bettfertig machen und einen Tee kochen", biete ich an.

„Mir ist schrecklich kalt", beklagt sie sich.

Als ich sie entkleide, merke ich, wie heiß und trocken ihre Haut ist. Sie hat Fieber! Eilig hole ich das Thermometer und tatsächlich zeigt es 39 Grad an, was mir einen gehörigen Schrecken einjagt. Ich überlege, ob ich den Arzt gegen ihren Willen verständigen soll. Auf jeden Fall muss ich Henry informieren.

„Du sagst niemandem etwas!", befiehlt sie mit dünner Stimme. „Dazu ist morgen immer noch Zeit."

„Dein Arzt sollte Bescheid wissen."

Wortlos reicht sie mir ihr Handy und ich lese: „Bin drei Tage in Wien, bitte komme Montag in meine Praxis! Gleich früh!"

„Du hast ihn also angerufen?"

„Nein. Ich war vorgestern bei ihm, weil mir die Arthrose im Knie und meine Hüfte zu schaffen machen. Er schickte mich gleich zum Röntgen. Die Nachricht ...", sie zeigt auf ihr Handy, „kam vor einer halben Stunde."

Plötzlich wird mir klar, was das bedeutet: Der Arzt will ihr das Ergebnis der Untersuchung mitteilen. Und da er es so dringend macht, wird es nichts Gutes sein. Mich überkommt eine Welle von Mitgefühl und ich würde Ottilie am liebsten umarmen und tröstend an mich drücken. Doch ich weiß, dass sie das nicht mag. Vor allem nicht von mir.

Sie hat Fieber und starke Gliederschmerzen, bekommt kaum Luft und fühlt sie schwach und elend. Das sind keine guten Zeichen. In meinem Kopf überschlagen sich die Nachrichten der letzten Wochen von einer ansteckenden Viruskrankheit, die genau diese Symptome hat. Das wäre nicht nur für Ottilie furchtbar, sondern hätte auch schlimme Folgen für das Hotel. Wir müssten vermutlich schließen, denn soweit ich weiß, ist die Krankheit meldepflichtig.

So ruhig wie möglich sage ich: „Mache dir nicht so viele Gedanken! Du trinkst jetzt den Tee und ruhst dich aus. Soll ich dir eine Schlaftablette bringen?"

Ottilie schüttelt den Kopf und schaut mich ängstlich an. So aufgewühlt habe ich sie bisher noch nie erlebt.

„Du wartest den Termin bei deinem Arzt ab. Es kann eine harmlose Erkältung sein und mit der Untersuchung nichts zu tun haben."

Ich hoffe, dass meine Worte Ottilie trösten, obwohl ich selbst nicht daran glaube.

„Ich will jetzt keine Pferde scheu machen und werde nur Henry informieren."

„Nein! Niemand soll sich Sorgen machen!", bestimmt sie.

„Gut. Bevor ich zu Bett gehe, schaue ich nach dir. Rufe bitte sofort an, wenn es dir schlechter geht!", sage ich und zeige auf ihr Handy. „Sollte sich dein Zustand über Nacht verschlimmern, rufen wir den Notarzt."

Unwillig dreht sich Ottilie zur Seite, als hätte ich sie gekränkt.

Ich berühre leicht ihre Schulter.

„Geh jetzt und nimm den Sepp mit!"

Damit meint sie Josef, ihren Mann, den ich Ata nenne.

*****

„Wo steckt Finn?", frage ich, weil er am Familientisch fehlt.

„Er darf heute Abend dem Tierarzt zur Hand gehen", erklärt Falko. „Eine Kuh hat beim Kalben Probleme, was wohl länger dauern kann."

Mich freut es sehr, dass Alex den Jungen nicht vergessen hat und nehme mir vor, Finn eine Brettljause herzurichten und in sein Zimmer zu stellen, damit er nicht auf sein Abendessen verzichten muss.

„Wo bleibt Mutter?", fragt Henry.

„Sie fühlt sich nicht wohl und wollte früh ins Bett."

„Überfressen, was?", fragt Veronika frech. „Am Nachmittag saß sie noch draußen und stopfte sich mit Torte voll."

Davon geht es ihr ganz sicher nicht so elend. Außerdem bekommt man von Torte kein Fieber. Auch ich habe am Nachmittag ein Stück Torte gegessen. Zusammen mit Monika Gruber, Henrys jahrelange Lebensgefährtin, mit der er demnächst ein Hotel eröffnet.

Prüfend schaue ich hinüber zu Henry. Er zerteilt seelenruhig einen Knödel und lächelt mich an. So, als wäre nichts Besonderes geschehen. Ich platze gleich! Keinen Bissen bringe ich hinunter, keinen einzigen. Er würde mir im Hals steckenbleiben.

Plötzlich spüre ich eine Hand auf meiner und schaue in Atas besorgtes Gesicht.

„Machst du dir Sorgen um Ottilie? Sie ist robust und erholt sich wieder."

„Das glaube ich auch", nuschle ich und nippe an meinem Wein.

„Was war denn heute Nachmittag los?", erkundigt sich Falko. „Willst du darüber sprechen?"

„Nein, das will sie nicht!", bestimmt Henry.

Er will also geheim halten, dass er mit seiner Partnerin ein Hotel in Bad Aussee eröffnet. Das geht nicht lange gut. Hier in der Gegend sind alle mehr oder weniger verbandelt. Es ist ein Wunder, dass sich seine Pläne nicht längst herumgesprochen haben. Doch es ist wie immer: die direkt Betroffenen erfahren es zuletzt.

„Kann deine Frau nicht selbst sprechen?", frotzelt Veronika.

„Sie kann, aber sie will nicht, weil es euch nichts angeht. Es ist eine Sache allein zwischen mir und ihr."

So sehe ich das nicht, denn es geht in diesem Fall nicht um mich, sondern um das Hotel. Will Henry auf zwei Hochzeiten tanzen? Zwei Hotels, zwei Frauen.

„Klar!", spottet Veronika. „Finn geht deine Frau nichts an und dass Resi von dir schwanger ist, hat sie auch nicht zu interessieren."

„Halte deinen vorlauten Mund!", befiehlt Henry.

„Junge! Wir leben hier als Familie zusammen. Ihr müsst auch in der Arbeit miteinander auskommen", meldet sich Ata zu Wort.

„Es geht nicht um Finn und auch nicht um Resi", sage ich leise.

„Nicht?" Veronika beugt sich über den Tisch.

Offenbar erwartet sie eine Neuigkeit, die für jemanden von uns unangenehm ist. Genau daran hat sie Freude. „Worum geht's dann? Um deinen Lover?"

Doch dieses Mal lasse ich mich nicht verunsichern. Viel zu lange habe ich meine Gefühle unterdrückt und gedacht, ich müsse mich anpassen und unauffällig verhalten. Vor allem, was die Arbeit betrifft. Doch hier geht es nicht um mich, nicht einmal um Henrys Frauen und Kinder, sondern um das Hotel. Die gesamte Familie muss die Wahrheit erfahren! Meine eigene Angst vor der Zukunft scheint mir mit einem Mal ohne Bedeutung. Ich muss jetzt sagen, was gesagt werden muss, auch wenn ich damit meinen Ehemann verrate. Die Konsequenz muss Henry ganz allein tragen.

„Es geht ums Hotel", sage ich ruhig. „Ich lernte heute Nachmittag in Bad Aussee ..."

„Wirst du endlich deinen Mund halten?", unterbricht mich Henry.

Er sagt es leise, aber so drohend, dass es mir eiskalt den Rücken herunterläuft.

„Ich habe gemerkt, dass du heute ganz durcheinander warst. Was genau ist in Bad Aussee passiert?", hakt Falko nach.

„Los! Erzähle!", fordert Veronika und reibt sich die Hände.

„Nichts erzählt sie! Sie will sich scheiden lassen, hat also an unserem Tisch nichts mehr verloren." An mich gewandt zischt er: „Los! Verschwinde!"

Veronika lacht gehässig.

„Ihr werdet jetzt alle Hanife zuhören!", bestimmt Ata.

Sein Wort hat nach wie vor Gewicht, so dass augenblicklich absolute Stille herrscht. Sogar Veronika beißt sich auf die Lippen.

„Henry hat Recht: Ich werde mich scheiden lassen." Ich schlucke aufkommenden Kummer hinunter und erzähle weiter. „Deshalb wollte ich mich in einem Hotel in Bad Aussee bewerben. Es ist eine Neueröffnung am Kurpark."

Henry springt auf und schreit aufgebracht: „Ich höre mir deine Lügen nicht länger an!"

„Du setzt dich auf deine vier Buchstaben und bist still!", herrscht ihn sein Vater an.

Tatsächlich sinkt Henry zurück auf die Bank. Kurz schaut er halb drohend und halb bittend zu mir. Doch ich habe mich entschieden, allen die Wahrheit zu sagen. Ata schaut mich ernst an, Falko nickt mir aufmunternd zu.

„Die Inhaberin heißt Monika Gruber. Nach dem Bewerbungsgespräch stellte sie mich ihrem Mann vor."

Ich zeige auf Henry.

Alle Augen sind auf Henry gerichtet. Keiner spricht ein Wort.

„Sag was!", fordert Ata streng.

Doch Henry schweigt.

„Henry wird mit Monika Gruber dieses neue Kurhotel führen."

Veronika haut mit beiden Händen so heftig auf den Tisch, dass das Geschirr klappert.

„Du hast es drauf, Alter!", ruft sie belustigt aus.

„Wenn diese irre Geschichte in einem Psychothriller vorkäme, würde es kein Schwein glauben. Diesen Scheiß gibt´s nur im wahren Leben."

„Du wirst uns jetzt erklären, wie du dir das vorstellst und zwar ohne Ausflüchte!", fordert Ata ruhig.

Doch ich sehe an seinen zusammengekniffenen Augen und an der geschwollenen Halsader, wie wütend er auf seinen Sohn ist. Mir tut es leid, ihm solch einen Kummer zu bereiten. Und doch ist es barmherziger, hier am Familientisch von dieser Ungeheuerlichkeit zu erfahren als später von fremden Leuten.

„Da gibt es nichts zu erklären. Ich brauche deine Erlaubnis nicht, wenn ich ein neues Hotel eröffnen will."

Ata schnaubt wütend durch die Nase.

„Und was wird aus diesem Haus?"

Dabei stippt er mit dem Finger auf den Tisch.

„Was soll werden? Alles bleibt, wie es ist", sagt Henry leichthin.

Wieder schnaubt Ata durch die Nase und ich fürchte, dass er jeden Moment explodiert.

Falko legt ihm beruhigend seine Hand auf den Arm und fragt, wer diese Frau Gruber ist.

„Mein Geschäftspartner."

„Und seit mehr als dreißig Jahren deine Geliebte", ergänze ich.

„Der absolute Hammer", schreit Veronika und klatscht in die Hände.

„Die Tochter vom Gruber Franz, unserem Nachbarn?"

Henry nickt, schaut aber seinen Vater nicht an.

Am liebsten würde ich jetzt erzählen, dass sich die beiden bereits im Kindergarten verlobten. Doch das wäre boshaft. Ich habe gesagt, was zu sagen war. Und eigentlich hat Henry Recht, dass ich am Familientisch nichts mehr zu suchen habe. Deshalb stehe ich auf und stelle die Teller zusammen. Auch Falko steht auf und hilft beim Tischabräumen.

„Du kannst gehen!", sagt Ata zu seinem Sohn. „Und wage dir nicht, ein einziges böses Wort an Hanife zu richten!"

Dann bittet er mich, ihn nach Hause zu bringen und noch einmal nach Ottilie zu sehen.

*****

Zwei Stunden später liege ich im Bett und

denke an Henry. Er hat sich in sein Auto gesetzt und ist ohne ein Wort der Erklärung weggefahren. Mir ist klar, dass er wütend auf mich ist, obwohl er den ganzen Ärger selbst verursacht hat.

Der Mond scheint ins Fenster und lässt mich alles im Raum deutlich erkennen, obwohl die Vorhänge zugezogen sind. Auf der Schranktür sehe ich die verschwommenen Umrisse des Fensters. Ich stehe auf, gehe ans Fenster und betrachte den Mond, in dessen Licht man auch schauen kann, wenn es ganz hell leuchtet. Manchmal beleuchtet der Mond den Garten und man kann ohne Lampe jede Blume deutlich erkennen. Jetzt sitzt die abnehmende Sichel direkt auf dem Berggipfel wie eine Lampe, die jemand vergessen hat, auszuschalten.

Ich weiß, dass der Mond viel Kraft hat, ganze Ozeane bewegt, für Ebbe und Flut sorgt. Deshalb glaube ich, dass er auch auf das menschliche Befinden wirkt. Abnehmendem Mond sagt man Ausschwitzen nach und dass Heilungen schneller als gewöhnlich erfolgen. Bald ist Neumond, der für einen Neustart steht. Für Ottilies Gesundheit ist das sehr gut. Als ich vorhin bei ihr war, hat sie fest und ruhig geschlafen.

Ich sehe einige einzelne Sterne matt am Himmel leuchten und in einem der Nachbarhäuser brennt Licht.

*****

Ins Bett mag ich nicht zurück. Deshalb werfe ich meinen Kimono über und gehe hinaus in den Garten. Vielleicht leistet mir wieder Alex Gesellschaft? Sobald ich an ihn denke, wird mir warm ums Herz. Ich weiß jetzt, dass er Witwer ist und mich gern hat, auch die kleine Lena mag mich. Ich mag sie ebenfalls und lächle bei dem Gedanken, dass sie mich gern als ihre Mama hätte.

Der Gedanke an ein Leben mit Alex ist nun einmal gedacht, setzt sich in meinem Kopf fest und breitet sich aus. Fast scheint er mir die einfachste und wahrscheinlichste Lösung zu sein.

Ich stelle mir vor, wie ein Leben mit Alex wäre. Vielleicht hätte ich dann endlich eigene Kinder? Das wäre wunderbar! Doch ich kann nicht einfach meine Sachen packen, das Haus wechseln und den Mann.

Zuerst muss ich mich von Henry trennen, dann sehen wir weiter. Man kann den dritten Schritt nicht vor dem ersten tun. Eigentlich müsste ich Henry hassen, weil meine Ehe, die ich mir so schön ausmalte, zerbröselt ist wie trockener Kuchen. Dieses Wissen um das Ende meiner Ehe haftet an mir wie eine Haut, doch schwer wie Blei. So oft ich mir immer und immer wieder sage, dass ich keine Schuld an diesem Ende trage, so oft schüttle ich innerlich den Kopf, denn meine Schuld ist meine Gutgläubigkeit, meine Arglosigkeit. Deshalb war es leicht für Henry, ein Verhältnis mit Resi zu haben und jeden Tag viele Stunden bei Monika Gruber zu verbringen. Ich hätte es verhindern müssen, denn ich bin seine Frau.

Mein Rücken schmerzt, als schleppe ich eine schwere Last auf meinen Schultern. Doch als ich mich endlich entschließe, zurück ins Haus zu gehen, höre ich Stimmen. Männerstimmen. Alex ist es nicht. Ängstlich halte ich die Luft an und wünsche mir, unsichtbar zu sein. Doch der Mond scheint so hell, dass ich entdeckt werde und die Männer direkt auf mich zukommen. Es sind Falko und Finn.

Beide setzen sich zu mir auf die Bank.

„Junge! Deinen Brotzeitteller habe ich ganz vergessen!", rufe ich aus.

Finn lacht.

„Ich bin pappesatt! Wir haben beim Bauern gegessen. Es gab Steaks vom Rind und dazu Knödel so viel ich wollte. Alex hat noch Rouladen und eine Flasche Schnaps bekommen, weil die Kuh und beide Kälber überlebt haben." Dann verkündet er begeistert: „Ich will Tierarzt werden! Dann habe ich immer satt zu essen und ganz viele Freunde."

Falko blinzelt mir amüsiert zu.

„Du gehst jetzt ins Bett, damit du morgen aus-
geschlafen bist! Vergiss nicht, den Wecker zu
stellen!", mahnt er und klopft Finn freundschaftlich auf die Schulter.

Zwei Brüder, die mir seit der ersten Begegnung
sympathisch sind. Solche Brüder hätte ich
selbst sehr gern gehabt. Wehmütig denke ich
an meine beiden Schwestern, mit denen ich
seit zwei Jahren keinen Kontakt mehr habe.

„Sei nicht traurig!", sagt Falko. „Alles hat einen
Sinn – das Fröhliche wie das Traurige."

Auf das Traurige hätte ich gern verzichtet. Ich
fühle mich im Moment enttäuscht, verletzt und
gleichzeitig wütend und unendlich traurig.

Falko legt mir seinen Arm um die Schulter und
ich lehne meinen Kopf an seine Brust. Er hat
irgend etwas an sich, das Verlegenheit erst gar
nicht aufkommen lässt. Das habe ich vom ersten Moment an so empfunden. In seiner Nähe
fühle ich mich ganz wie ich, ich muss nicht
anders sein. Wie bei einem Bruder. Alles ist
richtig wie es ist, nichts ist peinlich.

„Wie kann ein Mensch so böse sein?", frage ich
ihn.

„Henry ist nicht böse, eher schrecklich dumm."

„Und warum begeht er solche Dummheiten und
hält an ihnen fest, obwohl klar ist, wie dumm es

ist?"

„Das weiß er wohl selbst nicht."

*****

Am Montag begleite ich Ottilie zum Arzt. Ihr Fieber ist verschwunden, ebenso ihre Übelkeit. Als sie sich bei mir unterhakt, merke ich, wie nervös sie ist. Sie drückt meinen Arm fest gegen ihre Brust, als suche sie Schutz bei mir. Ausgerechnet bei mir! Bisher ließ sie mich spüren, dass ich noch nicht viel weiß vom Leben und viel lernen muss.

Der Arzt umarmt Ottilie, zieht einen Stuhl näher an seinen, worauf sich meine Schwiegermutter schwerfällig fallen lässt. Dann greift er mit der linken Hand in seinen Schreibtisch und holt eine Flasche Obstler hervor.

„Deine Lieblingssorte, nicht wahr?", flunkert er. Als er drei Gläser dazustellt, protestiert Ottilie:

„Hanni muss fahren!" Dann beugt sie sich näher zum Arzt und fragt: „So schlimm?"

„Meinst du meinen Hang zum Alkohol? So viel wie du vertrage ich noch immer nicht, doch bald gehe ich in Rente, dann dulde ich nur noch Gesunde um mich."

„In Rente?"

„Ich bin Siebzig, meine Liebe! Im übernächsten Monate muss ich schließen – ob ich will oder

223

nicht."

So alt hätte ich den Mann gar nicht geschätzt, maximal auf Mitte bis höchstens Ende Fünfzig. Er hat zwar graue Haare, doch einen sportlichen Körper und trotz seines Berufes eine sehr gesunde Hautfarbe.

„Mach es nicht so spannend!", fährt ihn Ottilie ungeduldig an.

„Wie meinst du das?", wundert er sich.

„Du hast mich herbestellt, weil du mir das Ergebnis der Untersuchung mitteilen musst. Nur deshalb sitze ich hier."

Ungeduldig rutscht sie auf ihrem Stuhl hin und her und wackelt zusätzlich mit dem inzwischen leeren Glas.

„Gieß ein!" Sie kippt den Schnaps mit einem Hieb hinunter. „Nun sag schon, was du sagen musst!"

Der Mann schüttelt verwundert den Kopf. Dann räuspert er sich, schlägt eine Mappe auf, blättert kurz darin und schaut Ottilie an.

„Bei dir ist alles in bester Ordnung! Die Blutwerte, das Röntgenbild – einfach alles. Was hast du denn gedacht?"

„Ich dachte ... du hast mich herbestellt ... gleich früh ..."

Schnell helfe ich ihr und erkläre: „Ottilie ging es vorgestern nicht gut. Ihr war übel und schwindlig und sie hatte fast 39 Grad Fieber."

„Nanu?"

„Friedl, du weißt, dass du offen zu mir sein kannst! Ich will es wissen: Was ist mit mir?"

„Mit dir ist gar nichts!" Er lacht. „Bedenklich sind deine Werte, weil sie eher einer sportlichen Endfünfzigerin entsprechen und keiner, die bald Siebzig wird."

Wieder lacht er. Ottilie lacht nicht und ich rechne nach, dass sie längst die Sechsundsiebzig überschritten hat.

„Dich müsste man einsperren!", sagt sie jetzt.

Ich höre die Erleichterung in ihrer Stimme.

„Mich so zu erschrecken!"

Kichernd gibt sie dem Arzt einen Klaps auf den Arm.

Schluss

„Jetzt begleitest du mich zu Doktor Steiner!", ordnet Ottilie an.

„Noch ein Arzt?"

„Doktor Steiner ist Jurist. Wenn wir diesen Termin hinter uns gebracht haben, gehen wir ganz nobel essen. Wir haben etwas zu feiern." Leise fügt sie hinzu. „Oder auch nicht."

Während Ottilie mit dem Anwalt spricht, warte ich im Vorzimmer des Notariats. Als sie aus dem Sprechzimmer kommt, hat sie rote Wangen und schaut mich vergnügt an.

Eine halbe Stunde später betreten wir das feine Restaurant am See. In der Gaststube sitzen bereits Ata und Falko. Falko steht auf, um Ottilie und mich zu begrüßen.

„Hast du eine Ahnung, warum wir vier hier gemeinsam zu Mittag essen?", flüstert er mir zu, um dann Ottilie zu fragen: „Ist heute euer Hochzeitstag?"

Sie schüttelt den Kopf und antwortet: „Viel besser!"

Umständlich kramt sie in ihrer großen Tasche und zieht eine Mappe heraus. Sie öffnet die Mappe und ich erkenne Urkunden mit roten Siegeln, die eindeutig vom Notar sind. Sofort ist mir klar, dass das Gespräch bei diesem Anwalt sehr bedeutungsvoll war.

Ohne Umschweife kommt Ottilie zur Sache und verkündet: „Wir übergeben hiermit unser Haus an dich, mein lieber Falko."

„Warum?"

„Warum nicht? Unser einziger Sohn braucht es nicht."

„Es ist keine Schenkung, es ist eine Übergabe. Das heißt, daran sind Bedingungen geknüpft. Und zwar erwarten wir, dass wir bis zu unserem Tod im Haus bleiben dürfen."

Falko sucht sichtlich nach Worten, scheint aber

keine passenden zu finden. Er steht auf und umarmt stumm seine Großeltern.

„Das war schon lange unser Plan", erklärt Ata. „Wir sind beide über Siebzig, ich sitze im Rollstuhl und Ottilie ging es vorgestern so schlecht, dass wir Angst bekamen."

Ottilie schaut ihren Mann derart liebevoll an, wie ich es noch nie zuvor gesehen habe.

„Alles ist in Ordnung, mein Lieber. Der Arzt sagt, ich hätte das Herz einer gesunden Fünfzigjährigen, nur mein Körper ist etwas runzlig."

Sie zeigt auf die Falten am Hals und um die Augen und lacht dabei.

Mir ist nicht klar, warum ich bei dieser intimen Familienangelegenheit dabei sein darf und schaue zwischen Ottilie und Ata hin und her.

Inzwischen hat der Kellner für jeden ein Glas Sekt auf den Tisch gestellt und wir stoßen an.

„Darf ich servieren?", fragt er.

Ata nickt ihm zu und sagt, dass er sich erlaubt hat, bereits für alle ein Menü auszuwählen. Zuerst gibt es eine Steirerkassuppe. Ich mag den strengen Geschmack dieser Spezialität nicht, doch ich sage nichts und esse wie es sich gehört die Suppe auf. Danach bringt eine junge Frau eine Platte mit Gebackenem und Gebratenem mit diversen Beilagen für vier Personen, die mich direkt begeistert. Zum Schluss gibt es Topfenstrudel mit Vanilleeis und einen Espresso.

„Das ist noch nicht alles", verkündet Ata.

Ich schüttle den Kopf und halte demonstrativ meine Hand auf den Bauch, denn ich bin mehr als nur satt.

„Ein Obstler geht immer", erklärt Ottilie. „Außerdem meint Sepp nichts zu essen, nicht wahr?" Sie zwinkert ihm zu.

„Richtig." Ata rückt sich in seinem Stuhl zurecht und wirkt ausgesprochen feierlich. „Die aktuelle Situation hat uns gelehrt, dass nichts so ist wie es scheint. Vermutlich haben wir uns zu sehr um unsere Arbeit im Hotel gekümmert statt um unseren Sohn. Er lief während seiner gesamten Kindheit irgendwie unbemerkt mit."

Das könnte die Ursache für Henrys seltsames Verhalten sein. Wenn ein Kind nicht beachtet wird und ohne Regeln und Führung aufwächst, lernt es nicht, auf Andere zu achten. Es macht, was ihm in den Sinn kommt, wenn es nicht daran gehindert wird. Wenn keiner da ist, der es in die Arme nimmt, der Zeit für es hat.

Meine Schwestern und ich wurden als kleine Kinder gehätschelt, ständig geküsst und von Schoß zu Schoß gereicht. Doch sobald wir in die Schule gingen, hatten wir Aufgaben im Haus, mussten uns Erwachsenen gegenüber respektvoll verhalten und durften dem Vater niemals widersprechen.

Das hat uns nicht eingeengt, sondern Sicherheit gegeben, die Henry wohl nie kennenlernte. Denn seine Eltern kümmerten sich nicht um ihn, sondern nur um die viele Arbeit im Hotel.

„Henry ist uns aus dem Ruder gelaufen. Wir wissen nicht, ob noch mehr Kinder von ihm auftauchen und verstehen beim besten Willen nicht, weshalb er in Bad Aussee mit der Moni ein Hotel eröffnet."

„Sepp meint, er braucht unser Hotel nicht und ist seit einigen Monaten seltener darin zu finden als Falko." Liebevoll tätschelt Ottilie Falkos Hand. „Das heißt: Ab heute gehört dir unser Hotel mit allen Rechten und Pflichten. Wir schenken es dir."

Sie hält Falko die Notariatsurkunden entgegen, die er wortlos studiert und dabei immer wieder ungläubig den Kopf schüttelt.

*****

Am Abend sitzen wir wie immer alle gemeinsam am Familientisch, nachdem unsere Gäste versorgt sind. Noch bevor unser Essen serviert wird, stellt Falko vor jeden ein Schnapsglas. Ich rieche sofort, dass es Zirbe ist, dessen eigenartig bitteren Geschmack ich gar nicht mag. Mir ist klar, was Falko jetzt offiziell verkünden wird und fürchte jetzt schon Henrys Reaktion. Veronika wird es wohl gleichgültig sein, wem das Hotel gehört, obwohl sie vor kurzem so tat, als gehöre ihr zumindest die Hälfte. Falko nickt Finn zu, der den Wink versteht und sich an der Theke einen Hollersaft einschenkt.

„Besaufen wir Hannis Abschied?", fragt Veronika kichernd.

„Dir wird dein freches Mundwerk schon vergehen!" Tadelnd schaut Ottilie ihre Enkelin an. „Du solltest jetzt lieber genau zuhören!"

Demonstrativ beugt sich Veronika nach vorn und stiert Falko mit übertrieben aufgerissenen Augen und Mund an.

„Will mein großer Bruder etwa eine feierliche Rede halten?"

Wieder kichert sie, während Henry unruhig auf seinem Platz herumrutscht. Ob er ahnt, dass es vor allem um ihn geht? Vielleicht hat ihn der Anwalt bereits informiert? Die Leute hier in der Gegend kennen sich.

„Machen wir´s kurz. Ich bin seit heute Mittag der rechtmäßige Besitzer und zugleich Eigentümer dieses Hotels." Falko macht eine Pause und lässt diese Ungeheuerlichkeit in jedem von uns in Ruhe wirken. „Das bringt gravierende Änderungen für Henry und Vroni."

„Spinnst du?", schreit Veronika auf.

Henry lächelt nur leicht spöttisch. Es ist ein verkniffenes Lächeln, der Spott wirkt nicht echt, eher argwöhnisch und unsicher.

„Ich bin noch nicht fertig." Falko wirkt ruhig und vollkommen souverän, was mich sehr beeindruckt. „Die Aufgaben von Henry übernehme ab sofort ich, so dass er sich voll um sein neues Hotel kümmern kann." Dann wendet er sich direkt an Veronika. „Du musst dich noch heute entscheiden, ob du einen Arbeitsvertrag mit allen Konsequenzen wünschst oder es vorziehst, dich zu verziehen."

„Das lasse ich mir nicht bieten! Von dir nicht!" Aufgebracht wendet sie sich an Henry. „Was sagst du dazu?"

„Was soll ich dazu sagen? Nichts!"

„Nichts? Bist du von allen guten Geistern verlassen? Du bist mein Vater! Schon vergessen?"

Das ist typisch Veronika. Um ihren Vater sorgt sie sich nicht, nur um ihr eigenes Wohlergehen.

„Du bist alt genug. Mach, was du willst, aber geh mir nicht auf die Nerven!"

Henry hat sein neues Kurhotel gewählt und ist am Ende froh, die Verantwortung für das Familienhotel los zu sein. Veronika dagegen hängt in der Luft – wie ich. Ich fühle mich, als würde ich ein türkisches Kopftuch tragen, das mich ausgrenzt und zeigt, dass ich gar nicht an diesen Tisch und zu dieser Familie gehöre. Alle sind miteinander verwandt, sogar Finn. Ich dagegen bin eine Fremde.

„Und was wird aus Hanni?", fragt Finn leise.

Seine Frage rührt mich sehr, denn er sorgt sich nicht darum, ob er bleiben darf, er sorgt sich um mich.

„Hanife ist die gute Fee des Hauses. Und wenn sie will, wäre ich überglücklich, wenn sie hier bei uns bleibt", sagt Falko und breitet seine Arme aus, als wolle er mich umarmen und festhalten.

„Nun brauchst du dir keine andere Arbeit mehr zu suchen", jubelt Finn und fällt mir um den Hals. „Du kannst hier bleiben!"

Etwas unsicher schaue ich Falko an. Ihm glaube ich jedes Wort, doch ich glaube nicht, dass ich einfach so bleiben kann, als hätte sich soeben nicht alles verändert. Henry hat mich hierher in sein Hotel gebracht, das gar nicht sein Hotel war. Nun geht er in ein anderes Hotel und ich bleibe hier?

„Ich bleibe gern hier", sage ich leise. „Meine Arbeit habe ich vom ersten Tag an sehr gemocht. Aber ..."

Ich suche nach Worten, denn zuerst sollte ich mein privates Dilemma klären. Henry hat sich überhaupt noch nicht geäußert. Nur, dass er für Veronika nicht verantwortlich ist. Und was ist mit mir? Ich kann unmöglich in seinem Haus wohnen bleiben. Und Finn?

„Darf Finn im Gästezimmer bleiben?"

Überrascht schaut Henry auf. Ich sehe ihm an, dass er mit keiner Silbe an den Jungen dachte.

„Über das Haus, in dem ihr vier wohnt", Ottilie schaut Henry, Veronika, Finn und mich der Reihe nach an, „entscheiden wir, wenn feststeht, welche der beiden Frauen weiterhin im Hotel arbeitet." Dann wendet sie sich an Henry. „Du ziehst sicher zu Monika Gruber."

„Es ist gar nicht dein Haus?", schreit Veronika aufgebracht ihren Vater an und steht demonstrativ auf.

„Du kannst gern gehen, doch spätestens morgen Früh unterzeichnest du den Arbeitsvertrag oder du ziehst zum Monatsende aus."

„Darauf kannst du warten, bis du schwarz wirst! Du bist ja nicht ganz dicht! Ihr habt alle eine Vollmeise! Ich hasse euch!"

Mir tut sie leid. Zwar verstehe ich Falko, der von Anfang an klare Verhältnisse schaffen will. Doch Veronika hat zwei Jahre lang in den Tag hinein geschlafen und die Nacht durchgefeiert, ohne sich Gedanken machen zu müssen, wer ihren Lebensstil finanziert. Nun soll sie von heute auf morgen richtig arbeiten. Wird sie das wollen? Doch eine andere Möglichkeiten hat sie nicht, wenn sie bleiben will.

„Vier Wochen Probezeit räume ich dir ein und

danach eine Kündigungszeit von zwei Wochen zum Monatsende", setzt Falko nach.

Ottilie nickt zustimmend mit dem Kopf.

„Wieviel zahlst du eigentlich?", will Veronika wissen und klopft hektisch mit dem Fuß auf den Boden. „Mit einem Hungerlohn kannst du mich nicht abspeisen."

„Zwölf Euro pro Stunde, das ist mehr als der Mindestlohn."

Jetzt lacht sie nervös und greift sich an die Stirn, als hält sie Falko für verrückt..

„Für die paar Kröten würde ich nicht einmal aufstehen."

„Du hast keine Ausbildung und keine Erfahrung im Hotelgewerbe."

„Dann geh ich zu Henry", beschließt Veronika und verlässt türenschlagend das Haus.

Ich kann mir nicht vorstellen, dass sie bei Monika Gruber willkommen ist. Sie wollte nie eigene Kinder, hat sich von Henrys Kindern komplett ferngehalten und wird auch weiterhin auf einer strikten Trennung bestehen.

„Dann wäre das Problem vom Tisch, oder?", wendet sich Ottilie an Henry.

Er schaut seine Mutter unsicher an und sie genießt sichtlich seine Verwirrung. Er muss zum ersten Mal in seinem Leben klar Stellung beziehen. Ottilie zwingt ihn dazu. Doch Henry weicht aus. Vielleicht kann er gar nicht allein entscheiden. Vielleicht muss er erst seine Monika fragen, die das Heft in der Hand hält. Sie hat immer gewusst, was sie will und in Henrys Frauen und Kindern kaum mehr als sein Spielzeug gesehen.

„Wir gehen jetzt schlafen", verkündet Ata. „Morgen ist auch noch ein Tag."

Morgen ist ein ganz wichtiger Tag, der Tag der Entscheidung. Heute kann ich noch einmal in das Haus gehen, das ich zwei Jahre lang für mein Haus hielt. Ob Henry mitkommt und endlich mit mir spricht? Obwohl wir uns trennen, gibt es viel zu bereden. Ich weiß nicht einmal, wie er über die Scheidung denkt, was ihm dabei wichtig ist. Vermissen wird er mich wohl nicht, was mich sofort wieder traurig stimmt.

*****

Ich gehe durchs Haus, gebe Finn einen Gute-Nacht-Kuss, richte die Handtücher im Bad, gieße mir ein Glas Rotwein ein und setze mich aufs Sofa. Falls Henry kommt, kann er sich zu mir setzen. Das Weinglas für ihn steht bereit.

Doch Henry kommt nicht. Spricht er mit seinen Eltern? Geht er eine Nachtrunde? Oder liegt er bereits zufrieden in Monikas Bett, während ich immer noch auf ihn warte?

Noch bin ich hier. Doch wo werde ich morgen

sein? Falko möchte, dass ich bleibe. Das wird schwierig für mich, wenn Henry fortgeht. Ottilie hat sich immer gewünscht, dass er ihr Hotel weiterführt. Auch ich habe mir nichts anderes vorstellen können. Nun sind wir beide enttäuscht, wobei Ottilie zufrieden wirkt, während ich unglücklicher bin als jemals zuvor in meinem Leben.

Falls ich weiterhin im Hotel arbeite, weiß ich nicht, wo ich wohnen soll. Darf ich hier im Haus bleiben, wenn ich mich von Henry trenne? Will ich die Scheidung wirklich? Oder könnte ich einfach weiter hier wohnen und arbeiten und bei den gleichen Menschen sein, die mir am Herzen liegen? Henry wäre tagsüber nicht hier, er würde auf Berge steigen oder eine Messe besuchen. Oder er wäre in seinem Kurhotel bei Monika Gruber. Und genau wegen dieser Frau Gruber wird mein gewohntes Leben nicht mehr funktionieren. Ich kann nicht so tun, als gäbe es sie nicht.

Seit ich vor wenigen Tagen von Resis Schwangerschaft erfuhr und gleichzeitig Finn auftauchte, ist mir klar, dass meine Ehe mit Henry gescheitert ist. Nie wieder würde irgend etwas so sein wie vor diesem Tag. Seitdem scheint mir jeder Tag und jede Stunde wie eine unerträgliche Last. Eine Last, die nicht für mich bestimmt ist und von der ich mich nicht erdrücken lassen darf. Ich muss einen Weg aus diesem Dilemma finden! Doch welchen?

Wieder fällt mir Alex ein. Er wäre die Lösung! Denn er gestand mir, dass er mich liebt, obwohl er mich gar nicht kennt.

Auch Henry kannte mich nicht, als er mich heiratete. Wir glaubten trotzdem an eine gemeinsame Zukunft. Zumindest schien es mir damals so. Doch dann tauchten aus seiner verworrenen Vergangenheit immer mehr Kinder auf.

Auch Alex hat schon ein Kind, die kleine Lena. Mit ihren dunklen Locken könnte sie jeder für meine leibliche Tochter halten. Ob Alex mit Geschwistern für Lena einverstanden wäre?

Wenn ich zu Alex ziehe, hätte ich den gleichen kurzen Arbeitsweg und alles könnte so bleiben wie bisher. Nur der Mann und das Haus würden sich ändern. Nur? Wenn ich mit einem anderen Mann in einem anderen Haus lebe, ändert sich *alles*. Sogar meine Arbeit. Ich bin zwar die gleiche Person, doch nicht mehr die Frau des Chefs. Und auch nicht mehr Ottilies und Atas Schwiegertochter. Mögen sie mich noch, wenn ich mit Alex verheiratet wäre?

Wäre Alex ein guter Ehepartner? Ihn würde ich auf jeden Fall fragen, ob er außer Lena noch andere Kinder hat und ob er mit mir weitere Kinder möchte. Und ich würde ihm sagen, dass ich keine zweite Frau neben mir dulde.

Mein ganzes Leben lebte ich im Hier und Jetzt, das Vergangene ist gelebt und das Künftige noch nicht da. Doch Henrys Vergangenheit zerstört mein aktuelles Dasein, von einer Zukunft ganz zu schweigen. Ich grüble ohne Pause über Dinge nach, die ich nicht ändern kann, weil sie vergangen sind. Zudem habe ich sie nicht einmal selbst verursacht. Und doch habe ich das Gefühl, ich allein müsste alles in Ordnung bringen.

Ich muss aufhören zu grübeln, denn es bringt nichts. Ich muss kühl und sachlich überlegen, was für mich wichtig ist. Am liebsten würde ich weiterhin im Hotel arbeiten. Auch Falko möchte das. Er ist der neue Chef und erwartet gleich morgen Früh meine Antwort. Die Antwort fällt mir nicht leicht, weil sie davon abhängig ist, wo ich wohnen kann. Ich darf meine Entscheidung nicht von anderen abhängig machen. Nicht von Falko, nicht von Alex und auch nicht von Henry.

*****

Henry ist in der Nacht nicht mehr nach Hause gekommen, weshalb ich entsprechend schlecht geschlafen habe. Ganz gegen meinen Willen quälten mich unzählige Gedanken und ließen mich nicht zur Ruhe kommen. Obwohl ich mir den Kopf zermartere, finde ich keine Antworten auf die vielen Fragen nach dem Warum und wie es nun für mich weitergeht. Das alles müsste ich unbedingt mit Henry besprechen. Doch der ist nicht da.

Ich lasse Finn schlafen und gehe eine frühe Morgenrunde über die Wiese und durch den Kurpark. Ich möchte ins Hotel und kann mich gleichzeitig nicht dazu durchringen.

Neben einer Bank sitzt ein Mann im Rollstuhl. Es ist Ata.

„Ich habe auf dich gewartet, Mädchen."

Überrascht und gleichzeitig erfreut über seine Gesellschaft umarme ich ihn und setze mich neben ihn. Er ergreift sofort meine Hand und sagt: „Die Liebe ist das Wichtigste im Leben. Ohne die Liebe verkümmert die Seele."

Sieht er mir an, dass meine Liebe zu seinem Sohn erloschen ist? Henrys Vergangenheit und seine Art zu leben hat sie getötet.

„Ich weiß. Im Moment liebe ich nur dich und meine Arbeit", gestehe ich und versuche, ruhig und gelassen zu wirken.

Ata lächelt.

„Man kann nicht seine Arbeit, sein Haus oder die Berge lieben. Das sind nur *Vor*lieben. Für Eltern, Kinder, Freunde und Verwandte empfindet man Zuneigung. Nicht einmal eine Lieb-

schaft zählt zur Liebe, denn für ein Techtel-
mechtel braucht es kaum Leidenschaft, die am
Ende nur Leiden schafft. Ich meine die wahre
Liebe, die Liebe zum Partner, die ewig hält."
Genau diese ewige Liebe habe ich mir gewünscht und vor zwei Jahren geglaubt, sie gefunden zu haben. Doch für Henry bin ich wohl
nur eine seiner Liebschaften. Ewig liebt er nur
seine Monika. Vielleicht ist das wirklich die
wahre Liebe, obwohl ich sie nach wie vor nicht
verstehen kann.

„Echte Liebe ist verbunden mit Achtung vor
dem Partner. Man liebt ihn auch dann, wenn er
Fehler macht und fühlt sich in seiner Gegenwart wohl."
Manchmal fühlte ich mich in Henrys Gegenwart
wohl, manchmal nicht. Ich habe ihn bewundert
und seine Freundlichkeit gemocht, aber nicht
seine Fehler. Seine Kinder könnte ich akzeptieren, doch nicht die schwangere Resi und
schon gar nicht Monika Gruber. Ich hasse sie!
Sie hat mir meinen Mann weggenommen. Nein,
das stimmt so nicht. Sie liebt Henry seit vielen
Jahrzehnten trotz seiner vielen Frauen und Kinder. Ich dagegen dachte schon in der Hochzeitsnacht an Scheidung, als ich von Veronika
und Falko erfuhr.
Ich habe Henry beim Kennenlernen nicht gefragt, ob er schon einmal verheiratet war und

ob er Kinder hat. Deshalb sah er keinen Grund, es mir zu sagen. Ich ging davon aus, dass er frei ist und mit mir und seinem Hotel ein gemeinsames Leben aufbauen will. Darum habe ich ihn geheiratet. Doch das war falsch.

„Ich habe Henry gar nicht gekannt, als er mir einen Antrag machte", gestehe ich. „Ich habe ihn bewundert und war stolz darauf, dass er mir nicht nur eine Arbeit, sondern die Ehe, ein ganzes Hotel und ein eigenes Haus anbot. Das hat mir so geschmeichelt, dass ich ihm keine Fragen stellte."

Im gleichen Augenblick verstehe ich alles, als wäre mir ein Schleier von den Augen genommen. Mir hat Henry nur imponiert, geliebt habe ich ihn nicht. Deshalb schmerzt mich weniger, dass er zu Monika Gruber geht, sondern eher der Verlust meiner eigenen geplatzten Träume.

Erleichtert seufze ich: „Ich sehe ganz deutlich meine eigenen Fehler, weshalb ich Henry verzeihe."

Ata streichelt über meinen Arm.

„Das ist gut, Mädchen. Wenn du Henry verziehen hast, bist du mit ihm fertig."

„Fertig?"

„Du hast mit ihm abgeschlossen, eine wichtige Erfahrung für dein Leben gemacht, nicht mehr und nicht weniger."

Als hätte ich mit einem Mal unendliche Energie,

umarme ich Ata und laufe zum Hotel.

*****

Schon von weitem sehe ich Henry vor der Eingangstür. Ich winke ihm zu und erkenne im gleichen Augenblick, dass es nicht Henry, sondern
Falko ist. Die verblüffende Ähnlichkeit der beiden Männer ist mir bisher noch gar nicht aufgefallen. Sie sind beide groß und blond, Falko nur
ein wenig kräftiger. Man könnte sie eher für
Brüder halten als für Vater und Sohn.
Falko strahlt mich an, als wäre ich seine Rettung. Vermutlich hat er auf mich gewartet und
schon geglaubt, dass ich nicht mehr komme.
„Bleibst du?", fragt er in einem besonderen Ton,
als dürfe ich ihm seine Bitte nicht abschlagen.
Dazu schaut er fast ängstlich, als fürchte er, ich
könne es doch tun.
Ich nicke nur, weil ich ein klares Ja nicht über
die Lippen bringe. Bis eben war ich mir sicher,
weiterhin hier im Hotel zu arbeiten, doch auf
einmal kommen mir Zweifel, ob es richtig ist,
hierzubleiben. Ich habe das Gefühl, mich in ein
fremdes Nest zu setzen. Und das gehört sich
nicht.
Etwas unsicher betrete ich den Frühstücksraum
und grüße die ersten Gäste, die sich bereits
eingefunden haben. Die Tische sind ordentlich

gedeckt, auch das Frühstücksbuffet wurde ta-
dellos hergerichtet. Weil ganz ohne mein Zutun
alles in Ordnung ist, befällt mich ein schlechtes
Gewissen. Ich hätte pünktlich hier sein müssen!
Das Mädchen vom Frühdienst schaut mich an,
als wäre ich ein Gespenst. Sie weiß offenbar,
dass Falko der neue Chef ist und wird sich
fragen, was ich hier noch zu suchen habe.
Plötzlich habe ich den Eindruck, dass mich alle
Personen im Raum mustern. Automatisch prüfe
ich mit der Hand meine Frisur und streiche über
die Dirndlschürze.

Irritiert gehe ich vor zur Theke und studiere das
Blatt, auf dem das Abendmenü steht. Falko entscheidet die Vor-, Haupt- und Nachspeisen, aus
denen ich normalerweise eine Speisekarte auf
dem Computer erstelle und ausdrucke. Das
Blatt ergänze ich mit dem Wetterbericht und
füge aktuelle Veranstaltungen im Ort und lus-
tige Bilder hinzu. Doch gestern habe ich wegen
all der Aufregung mit keiner Silbe an diese
Aufgabe gedacht. Das ist mir furchtbar peinlich
und darf nie wieder vorkommen. Nie wieder!
Nie wieder, weil ich künftig zuverlässiger meine
Arbeit erledige? Oder weil ich gar nicht mehr
hier bin? Doch ich habe Falko bereits zugesagt
bzw. zugenickt.

Falkos Arbeitszeit im Hotel beginnt normalerweise erst 17 Uhr in der Küche. Vorher besorgt er bei den Bauern der Umgebung die Lebensmittel, die er für seine Menüs braucht. Er kümmert sich sogar um den Wein und setzt den Zirbenschnaps an.

Heute ist er bereits schon vor mir bei der Arbeit, denn seit heute ist er der Chef des Hauses und muss sicherstellen, dass alles funktioniert.

„Geht es dir gut?", fragt er.

Ich nicke.

„Du siehst aber gar nicht gut aus."

„Vielen Dank für das Kompliment."

„Entschuldige bitte! Ich meinte, du siehst traurig und erschöpft aus."

Falko legt seinen Arm um meine Schulter und zieht mich in die Ecke des Familientisches.

„Wie soll ich auch anders aussehen, wenn mein ganzes Leben in Schutt und Asche liegt? Alle meine Pläne und Träume sind mit einem Mal zerstört und ich weiß keinen Ausweg."

„Bist du nicht gern hier?", fragt Falko leise.

„Doch, doch", versichere ich eilig. „Es ist nur alles so schwierig."

Wenn ich nicht Hals über Kopf Henry hierher gefolgt wäre, hätte ich nie dieses wunderschöne Fleckchen im Ausseer Land kennengelernt, auch Ata und Falko nicht und schon gar nicht Alex. Alex! Mit ihm muss ich unbedingt reden. Heute noch! Doch jetzt muss ich erst einmal

Falko antworten. Er merkt, dass ich noch un-entschlossen bin.

„Ich mag meine Arbeit hier im Haus sehr gern und möchte hier bleiben. Doch ich weiß nicht, wie das funktionieren soll?"

„Wie meinst du das?"

„Das Haus gehört Henry."

„Nein, es gehört meinen Großeltern."

„Aber Henry wohnt darin und Veronika. Ich kann unmöglich dort bleiben. Was soll ich nur tun?"

Falko nimmt mich in seine Arme, streichelt über mein Haar und murmelt etwas, was ich nicht verstehe, was sich aber gut anhört. Ich fühle mich sofort geborgen und weiß auf einmal gar nicht mehr, weshalb ich die ganze Zeit über so unendlich traurig war.

„Der Abend ist klüger als der Morgen", zitiert er das alte Sprichwort. „Wir übereilen nichts und reden später in Ruhe miteinander. Einverstanden?"

Erleichtert nicke ich und gehe an meine Arbeit.

*****

Henry ist nicht zur Arbeit erschienen und hat sich auch nicht gemeldet, weder telefonisch noch per Mail oder SMS. Will er gar nicht mehr ins Hotel kommen und auch nicht mehr nach

Hause, sondern bei Monika Gruber bleiben?

Ich könnte das verstehen, doch er muss mit mir darüber sprechen. Noch bin ich seine Frau, noch ist das Haus unser Heim, auch meins mit meinen Kleidern und meinem Kopfkissen im Bett. Vielleicht möchte er mir nicht mehr begegnen und wünscht sich, dass ich einfach meine Koffer packe und verschwinde. Das bringe ich nicht übers Herz. Wir haben zwei Jahre lang zusammen gelebt und sollten uns ordentlich voneinander verabschieden.

Ich würde gern hier bleiben. Doch wo soll ich wohnen? Bei Alex?

Alex! Ich sitze auf der Bank hinter dem Haus, denke an ihn und male mir ein Leben an seiner Seite aus. Merkt er, dass ich ihn mag? Gesagt habe ich ihm das nicht, weil mir in seiner Gegenwart die richtigen Worte nicht einfallen und ich außerdem noch verheiratet bin. Deshalb wage ich kaum, ihm in seine unglaublich blauen Augen zu schauen. Doch sobald mich seine Hand zufällig berührt, wird mir heiß und kalt zugleich und überhaupt sonderbar zumute. Ist das Liebe? Auf jeden Fall würde ich gut für ihn und Lena sorgen. Vielleicht könnte ich meine Arbeitszeiten ändern, damit ich Zeit für Lena habe und diese Gesine nicht brauche.

„Schön, dass ich dich hier finde", höre ich eine

tiefe und sehr angenehme Stimme.

Erfreut springe ich auf und umarme Alex. Hat er gespürt, dass ich an ihn denke? Ist das ein Zeichen von Liebe? Jetzt ist Gelegenheit, mit ihm zu sprechen.

„Dich schickt der Himmel!", flüstere ich. „Bei uns herrscht wüstes Durcheinander und du bist mein Retter."

„Wirklich? Du weißt nicht, wie viel mir deine Worte bedeuten."

Alex lächelt und streichelt sanft meinen Arm.

„Ich muss dir vieles erklären, doch ich weiß nicht, womit ich anfangen soll", gestehe ich.

„Dass Falko dein neuer Boss ist, hat sich im Ort wie ein Lauffeuer herumgesprochen und auch, dass dein Mann dich verlassen hat."

Irritiert schaue ich Alex an. Er hat nichts Falsches gesagt, ich hätte es nur anders formuliert. *Ich* will mich von Henry trennen, er hat nie davon gesprochen. Doch eigentlich stimmt es, dass er mich verlassen hat, wenn er jetzt bei Monika Gruber lebt und mit ihr arbeitet. Und Falko ist mein neuer Chef. Das ist richtig.

Ob ich ihm einfach sage, dass ich nicht weiß, wo ich wohnen soll? Doch ich finde die passenden Worte nicht, weil es so aussehen wird, als suche ich nur einen Unterschlupf. Im Grunde ist es tatsächlich so. Mein Bett ist noch warm vom Ehemann und ich suche bereits Anschluss an den nächsten. Sofort schießt mir das Blut zu Kopf vor Scham über meine Gedanken und ich betrachte verlegen meine Hände.

„Du kannst mir alles sagen!", beschwört mich Alex. „Ich liebe dich und würde alles tun, um dich glücklich zu machen."

Wieder habe ich das Gefühl, dass er mich jetzt hier draußen auf der Bank vor allen Leuten küssen will. Irritiert rutsche ich ein wenig zu Seite.

„Alex! Ich würde gern ..."

„Was würdest du gern?"

Wie soll ich es nur sagen, ohne mich wie ein Flittchen anzubieten? Doch ich muss noch heute wissen, wo ich wohnen kann, wenn ich weiter im Hotel arbeiten will.

Genau in diesem Moment kommt Falko auf uns zu. Mir ist es peinlich, dass er mich so nah neben Alex sitzen sieht. Er wird sich an Veronikas Worte erinnern, als sie Alex mein Gschpusi nannte. Was wird er erst von mir halten, wenn ich tatsächlich zu Alex und Lena ins Haus ziehe?

Falko wundert sich nicht, Alex neben mir auf der Bank zu sehen. Er nickt ihm freundlich zu, zieht einen Stuhl heran und setzt sich uns genau gegenüber, so dass er uns in die Augen sehen kann. Er sitzt einfach nur da und sagt nichts, kein einziges Wort. Dabei schaut er mich auf eine sonderbare Art an. Wenn ich nicht ganz genau wüsste, dass dieser Gedanke unmöglich ist, würde ich glauben, er sieht etwas in mir, das er nicht sehen darf. Noch bin ich die Frau seines Vaters! Obwohl ich vom Alter her eher seine Schwester sein könnte. Aber nicht seine Freundin.

Seine Freundin? Wie komme ich jetzt darauf? Vermutlich bin ich derart überreizt, dass ich in jedem Blick etwas vermute, hineindeute, was gar nicht vorhanden ist.

Ich mag ihn gar nicht ansehen und schaue wieder beschämt auf meine Hände.

„Worüber machst du dir Sorgen?", fragt er.

„Ich weiß nicht, wo ich wohnen soll", platze ich heraus und beiße mir sofort auf die Zunge.

Wenn nun Alex anbietet, ich könne sofort zu ihm ziehen? Wenn er gesteht, mich zu lieben? Mit einem Mal scheint mir die gesamte Idee völlig absurd. Ich will die Männer nicht wechseln wie ein Kleidungsstück. Ich will gar keinen anderen Mann. Ich will nur eine Bleibe, falls ich hier bleibe.

Plötzlich habe ich die rettende Idee und wundere mich, warum ich nicht schon früher darauf gekommen bin.

„Könnte ich Resis Mitarbeiterwohnung haben? Sie ist doch weg, oder?"

„Klar ist die weg! Doch warum willst du nicht im

Haus bleiben?"

Warum? Was soll diese dumme Frage? Darauf antworte ich nicht. Auch wenn das Haus Henrys Eltern gehört, wohnt er noch darin. Er ist ihr einziges Kind, also ist das Haus sein Erbe. Außerdem hat er kein Wort darüber verloren, ob er zu Monika Gruber zieht oder sie zu ihm.

„Sämtliche Probleme haben sich in Luft aufgelöst", verkündet Falko strahlend.

Ungläubig schaue ich ihn an und weiß nicht, worauf er hinaus will.

„Vroni zieht zu ihrem Freund."

„Sie hat einen Freund?"

Das wusste ich nicht. Ich weiß nur, dass sie selten daheim ist, aber ich weiß nie, wohin und zu wem sie geht und wann sie zurück kommt.

„Er hat am Ortsrand eine schöne Wohnung."

Das freut mich für Veronika, doch es löst mein Problem nicht wirklich. Wenn ich nach oben ziehe, wer wohnt unten? Henry mit seiner Monika? Das ertrage ich nicht, niemals! Mich packt Wut und Verzweiflung, dass Falko mir so etwas zumutet. Mühsam halte ich meine Tränen zurück, denn nun ist mir klar, dass ich Falkos Angebot mit der Arbeit im Hotel nicht annehmen kann.

„Sie bleibt also im Hotel?", frage ich leise.

Es interessiert mich nicht wirklich, denn meine Zeit ist hier endgültig vorbei.

Falko lacht, ergreift meine Hände und drückt sie fest zusammen.

„Das brauchte ich gar nicht. Sie will nicht nur bei ihrem Freund wohnen, sondern ab sofort mit ihm arbeiten. Ich glaube, er hat eine Art Werbeagentur und seine Schwester einen Musikverlag. Sie organisieren Feste."

Vieldeutig schaut er mich an, weil auch er weiß, wie gern Veronika feiert. Dass sie dabei auch etwas tun muss, scheint sie offenbar nicht zu stören.

Noch einmal seufze ich erleichtert und sage: „Was die Liebe alles fertigbringt."

„Wer ist Vroni?", erkundigt sich Alex.

„Meine Schwester. Sie bewohnte bisher die obere Etage im Haus."

„Ich soll also nach oben ziehen?", frage ich leise und merke, wie meine Wut wieder nach oben kriecht.

Normalerweise kann ich mich beherrschen, denn so wurde ich erzogen. Nur Jungs dürfen ihrem Zorn freien Lauf lassen. Doch jetzt ist mir, als müsste ich jeden Moment platzen. Obwohl ich das Gefühl habe, gleich zu ersticken, presse ich meine Lippen fest aufeinander, damit ich nicht schreie. Wie kann Falko glauben, dass ich mit Henry und seiner Geliebten unter einem Dach lebe? Ich bin derart gereizt, dass ich am liebsten um mich schlagen würde.

Rasch stehe ich auf und muss zur Seite treten, um nicht gegen Falko zu stoßen. Ich höre, dass einer der Männer etwas sagt, doch ich will nicht wissen, was es ist, ich will einfach nur schnell weg von hier. Eilig laufe ich über die Wiese und hoffe, dass das furchtbare Pochen in meinem Kopf nachlässt.

*****

Wenige Schritte weiter steht das schöne alte Haus von Ottilie und Ata.

„Da bist du ja endlich!", empfängt mich Ottilie vorwurfsvoll.

Erst jetzt fällt mir ein, dass sie schon eine ganze Weile auf mich wartet, damit ich ihr helfe, das Dirndl für den Abend anzuziehen. Nichts kann ich mir merken, denn nichts ist mehr so wie es zwei Jahre lang war.

„Hast du mit Falko gesprochen?"

Ich nicke. Doch der Gedanke daran, dass er glaubt, ich könne mit Henry und Monika Gruber in einem Haus wohnen, macht mich sofort wieder wütend. Darüber möchte ich jetzt nicht mit Ottilie sprechen.

„Du bist also einverstanden?", hakt sie nach.

„Nein!", zische ich und beiße mir sofort auf die Lippen, damit keine weiteren Worte aus meinem Mund schlüpfen.

„Macht nichts, Mädchen. Wir finden eine andere Lösung."

Was für eine Lösung? Wofür und für wen?

„Für die Polin", sagt Ottilie, obwohl ich nicht laut gefragt habe.

„Welche Polin?"

„Eine polnische Pflegekraft wird sich ab Montag rund um die Uhr um Sepp und unser Haus kümmern."

Das halte ich für eine gute Idee.

„Deshalb dachten wir, sie könne Falkos Räume haben, damit sie direkt in unserer Nähe ist."

Fassungslos schaue ich Ottilie an und verstehe gar nichts mehr. Wenn die Polin Falkos Räume bezieht, wo bleibt er dann?

„Und Falko?", frage ich.

„Er glaubt, du lässt ihn mit in dein Haus, weil Veronika zu ihrem Freund zieht."

„Falko in mein Haus?" Jetzt muss ich mich erst einmal setzen und sammeln. „Aber ich habe gar kein Haus!"

Nun schaut mich Ottilie fassungslos an.

„Glaubst du, wir schicken dich einfach so weg? Falko hat Recht, als er dich die gute Seele des Hauses nannte. Du bist uns wie eine Tochter."

„Aber ich lasse mich von Henry scheiden!"

„Ich weiß. Doch du trennst dich von deinem Mann und hoffentlich nicht von uns." Sie blinzelt mir zu. „Du bist uns ans Herz gewachsen und wir möchten dich nicht missen."

Nun kommen mir doch die Tränen.

„Heule nicht!"

Ich suche nach meinem Taschentuch, doch Ottilie kommt mir zuvor und reicht mir ihres.

„Du bleibst, wo du bist! Finn könnte nach oben ziehen, wenn du Falko nicht im Haus haben möchtest."

„Ich ..."

„Du musst nichts sagen. Falko hat dich überrumpelt und dafür den denkbar schlechtesten Zeitpunkt gewählt."

„Nein, ich ..." Ich suche nach Worten. „Ich dachte, ich soll nach oben ziehen und Henry ..." Wieder weiß ich nicht weiter.

„Wieso Henry? Er wird nicht zurückkommen und soll bleiben, wo der Pfeffer wächst."

„Aber er ist euer Sohn!"

„Das bleibt er auch."

Ich überlege, was Ottilie damit meinte, Falko hätte mich überrumpelt. Ich habe nicht gemerkt, dass er von sich gesprochen hat. Hat er wirklich gesagt, dass er im Haus einziehen will? Ich glaubte, ich soll oben wohnen und Henry unten mit Monika. Natürlich darf er im Haus wohnen. Es gehört seinen Großeltern, ich bin und bleibe eine Fremde, auch wenn sie mich mögen.

„Mir reicht eine Mitarbeiterwohnung. Falko und Finn können sich das Haus teilen."

Ottilie nickt. Dann schaut sie mich ernst an und fragt: „Magst du das Haus nicht? Oder bist du enttäuscht von Falko?"

Was meint sie nur? Natürlich mag ich das Haus und auch Falko. Er ist ein wunderbarer Mann und wird ein besserer Chef sein als Henry.

„Weshalb sollte ich von Falko enttäuscht sein?" Ottilie lächelt und zwickt mich in den Arm.

„Weil der Grobian gleich mit der Tür ins Haus fällt. Er hat eben keine Ahnung von Frauen."

Hat er eine Freundin? Dann wäre es doppelt gut, wenn ich sofort Platz mache.

Auf einmal lacht Ottilie schallend laut und boxt mit ihrer Hand gegen meinen Arm.

„Siehst du nicht, mit welcher Liebe er dich anschaut?"

Erschrocken halte ich mir die Hand vor den Mund. Ottilie weiß, dass mir Alex seine Liebe gestanden hat und ahnt, dass ich gern seine Frau wäre. Das ist mir schrecklich peinlich, zumal mir die ganze Idee peinlich ist. Ich glaube gar nicht mehr, dass ich mit Alex leben will.

„Falko ist ein treuer Mensch und obendrein genau in deinem Alter."

„Falko? Wie kommst du auf Falko?"

„Du dummes Ding! Offenbar bist du blind, denn Falko ist vom ersten Tag an in dich verliebt. Sepp und ich beobachten das schon lange und

freuen uns, dass du in der Familie bleibst."
Ich bin völlig überrascht und weiß keine Antwort. Doch darauf muss ich auch nicht antworten. Ich muss nur abwarten, was die Zeit bringt.

„Die Welt ist voller Wunder für den, der sie sieht."

Man kann nicht alles erklären,
weshalb wir nicht alles verstehen.

Sprichwort

Klappentext vom Roman „Die Freundin meines Mannes":

Ich mag meine neue Freundin Birgit sehr. Sie ist zwar vom Wesen her vollkommen anders als ich, doch wir verstehen uns gut.
Eines Tages stellt sich heraus, dass Birgit nicht nur *meine* Freundin ist, sondern auch *seine*, die Freundin meines Mannes.

Petra Weise wurde 1954 in Freiberg/Sachsen geboren und lebt nach zahlreichen Wohnungs-wechseln durch Hessen und Bayern seit 1993 wieder in ihrer Heimat Sachsen.

Sie liebt das Erzgebirge mit all seinen Tradi-tionen und fühlt sich auch in den Alpen wohl. Wenn sie nicht schreibt oder liest, wandert sie gern durch den Wald oder spielt Klavier.

www.autorinpetraweise.de